로크미디어가
유혹하는
재미있는 세상

ROK
MEDIA
로크미디어

바인더북

바인더북 29

2018년 1월 15일 초판 1쇄 인쇄
2018년 1월 18일 초판 1쇄 발행

지은이 산초
발행인 이종주

기획 팀 이기헌 왕소현 박경무 이승제
책임 편집 이정규

발행처 (주)로크미디어
출판등록 2003년 3월 24일
주소 서울시 마포구 성암로 330 DMC첨단산업센터 3층 314호
Tel (02)3273-5135 Fax (02)3273-5134
홈페이지 rokmedia.com E-mail rokmedia@empas.com

ⓒ 산초, 2013

값 8,000원

ISBN 979-11-294-3737-2 (29권)
ISBN 978-89-257-3232-9 04810 (세트)

BINDER BOOK

바인더북

29

| 산초 퓨전 장편소설 |

c o n t e n t s

BInDER
BOOK

심리전

국정원.

김덕모 1차장은 오른손을 책상 위에 올려놓은 채 미간에 깊은 주름을 짓고는 비선 전화기를 뚫어지게 쳐다보고 있는 중이었다.

골몰하고 있는 표정, 심한 갈등으로 점철된 모습이 역력했다.

소파에 앉아 자신의 일거수일투족을 바라보고 있는 조택상과 최형만의 시선이 부담스러울 법도 하건만 신경도 쓰지 않는 모습이었다.

스윽.

마침내 뭔가를 결심했는지 김덕모의 입술에 힘이 들어간

다 싶더니 오른손으로 전화기를 집어 갔다.

하지만 이내 거둬들이고 말았다.

이유는 다른 데 있지 않았다.

그러니까 어제저녁, 차장급만이 비밀리에 드나들 수 있는 N2, 즉 식당에서 회식을 하던 와중 담용의 입에서 나온 말 때문이었다.

—에? 에스퍼들이 포로가 됐을 수도 있지 않냐고요?

—혹시나 해서 묻는 말이네.

—차장님, 절대로 그런 일은 없을 겁니다.

—어째선가?

—뭐, 저도 C4 몇 덩이로 구축함을 날려 버리는 게 쉽지 않다는 건 압니다. 하지만 C4로 인한 유폭이 장난이 아니었다는 겁니다.

—하면?

—제 견해로는 에스퍼든 북한군이든 아무도 살지 못했을 거라는 거죠. 아니, 틀림없습니다.

—장담할 수 있는가?

—사무실에서도 말했지만 선박이란 선박들은 모조리 산산 조각이 났습니다. 오죽하면 핵폭탄이 터진 줄 알았다고 말했겠습니까? 구축함을 개조한 보통강호 역시도요. 뭐, 에스퍼들이야 폭발 전에 목숨을 잃었을 확률이 100퍼센트이겠지

만, 설사 천행으로 목숨을 건졌다고 해도 두 동강이 나 침몰
한 상태에서 두 사람이 살아날 확률은 제롭니다. 이건 제가
맹세코 하는 말입니다.

-흠, 시체를 건질 수 있는 확률은?

-전혀요.

-그것도 확신하는가?

-그럼요. 설사 잠수부들이 파편이든 뭐든 건졌다손 치더
라도 폭발로 인해 산산이 흩어졌을 겁니다.

-흐흠. 만약 자네라면 그 상황에서 살아날 수 있겠는가?

-단 1퍼센트의 여지도 없이 불가능합니다.

-그으래?

-근데 그건 왜 물으시는 겁니까?

-아, 뭐…….

-왜요? 제가 거기까지 알 필요가 없어서입니까?

-그럴 리가? 자네 비취인가가 무한대란 걸 잊었나?

-그럼 왜……?

-뭐, 비밀이랄 것도 없으니……. 바로 미국의 인명 존중
정신 때문이네.

-아, 무슨 말씀인지 알 것 같습니다.

-만에 하나 둘 중 한 사람이라도 포로가 됐다면…….

-미국 측으로서는 많이 곤란해지겠지요. 국제적으로도
요.

－맞네. 특히나 폭발 현장에서 포로가 되었다면, 그 원인이 그 두 사람에게 있음은 불문가지지.

  －그래서 확실한 확인이 필요했던 거군요.

  －그러네.

  －그 정도는 미국에서도 알 수 있지 않겠습니까?

  －미국은 대북 시킨트나 엘린트(신호나 전자정보 및 영상 정보)에는 강하지만, 휴민트(인적 네트워크를 통해 얻는 정보)에는 약한 편일세. 더구나 그 시각은 미국 위성이 단 한 대도 지나가지 않았으니 더더욱 사정을 알 수 없었겠지.

  －위성이 지나갔다고 해도 그런 세세한 부분까지 알 수 있었겠습니까?

  －그건 미국의 기술을 잘 모르는 사람들이나 하는 소리네. 모르긴 해도 우리가 상상할 수 있는 이상의 기술들을 소유하고 있을 거네. 지금 우리가 하는 대화도 듣고 있을지 모르네.

  －그건 염려하지 않으셔도 됩니다.

  －허허헛, 하기야 자네가 있으니⋯⋯.

  －하면 차장님께서는 뭘 노리시려는 겁니까?

  －짐작하겠지만 포로가 없다는 확신만 있다면, 우리가 미국에 빚을 한 가지 지울 수 있을 거야.

  －빚이라니요?

  －우리도 그렇지만 미국은 우리 이상으로 북한이 핵을 보유하는 것에 굉장히 민감한 반응을 보인다네. 당연히 북한도

이를 알고 있지. 그래서 북한은 그들이 미국에 대항할 수 있는 최대의 가치가 미국인 인질이라고 여긴다네.

—아, 아.

—인질의 생사는 상관없네. 언질만 해 놓고 보여 주지 않으면 되니 말일세.

—이제야 무슨 의도인지 알겠습니다. 터럭 하나라도 미국인이라 판단되면 무기로 삼을 거라는 얘기군요.

—뭐, 무기로 쓰기보다 그걸 빌미로 대화의 물꼬를 트려는 거지.

—흠, 그렇다면 타이밍이 중요하겠군요.

—맞아. 북한에서 폭발이 미국에 의한 소행이라는 실마리를 잡았다고 예상하면, 지금쯤 랭글리에서는 비상이 걸리고도 남았을 걸세.

—그럼…… 차장님께서는 지금 미국 측 정보원들의 연락을 기다리고 계시는 겁니까?

—허헛, 눈치가 빠르군. 그러네. 자네들을 먼저 이곳으로 보내고 그런 지시를 내렸지.

그렇듯 국정원 측에서는 담용과의 대화로 미국이 파견한 두 명의 에스퍼가 죽었다는 것을 재확인했다.

아울러 첩보원으로부터 랭글리에 소재한 CIA 본부로 요인들이 모여들고 있다는 정보까지 수집한 상태였다.

그때가 2시간 전이었다.

그러니까 지금이 아침 7시쯤이니, 새벽 5시에 받은 정보다.

미국 버지니아주 시각으로는 시차로 보아 전날 새벽 4시에 일어난 일인 것이다.

물론 이보다 더 긴요한 사안일 수도 있었다.

그럴 것이 이틀 앞으로 다가온 미국 대통령 및 부통령 선거만큼 큰 이슈도 없을 것임을 감안하면, 마땅히 그것이어야 했다.

현재까지 박빙 구도로 가고 있는 대통령 선거가 오롯이 미국 국민들의 관심사라면, 정보부인 CIA의 관심사는 그 외에도 아우를 사안들이 너무도 많았다.

그렇더라도 관심사의 압권은 제43대 대통령에 누가 당선되느냐는 것임은 변함이 없었다.

공화당의 대통령 후보는 제41대 대통령이었던 조지 H. W. 부시 전 대통령의 아들인 조지 W. 부시였고, 민주당은 현재 제42대 대통령인 빌 클린턴의 부통령을 지낸 앨 고어가 후보였다.

이는 전 세계의 관심사이기도 했지만, 특히나 대한민국으로서는 촉각을 곤두세우고 남을 일이었다.

김덕모가 어제 저녁의 대화를 곱씹으며 비선 전화기를 쳐다보며 갈등하는 이유 역시 타이밍 때문이었다.

너무 빨라서도 안 되고 늦어서도 안 되었다.

　정보란 적기에 사용할 수 있어야만 그 가치가 있음은 두말할 필요도 없었기에 노심초사하고 있는 것이다.

　김덕모 차장이 타이밍을 재고 있을 무렵, 버지니아 랭글리에 위치한 CIA 본부는 요인들에 국한된 비상사태가 은밀하게 진행되고 있었다.

　CIA 국장실.

　조용한 침묵이 이어지고 있었지만, 분위기는 고무줄을 한껏 당겨 놓은 듯 팽팽했다.

　마치 건드리면 툭 터질 것 같은 정적이었다.

　난데없는 소식이 날아들자마자 각 부서의 장들이 발 빠르게 움직여 빠짐없이 참석해 있었다.

　달칵.

　어디를 바삐 다녀왔는지 조금은 푸석한 얼굴로 집무실로 들어서는 훤칠한 장신의 갈색 머리카락 중년인.

　바로 CIA 국장인 게리 마셜이었다.

　요인들이 자리에서 일어서려는 것을 급히 손사래를 쳐서 말린 마셜 국장이 잰걸음으로 자신의 자리로 가서 앉았다.

　"좀 늦었소."

짤막하게 내뱉은 마셜 국장은 새벽같이 모이게 해서 미안하다는 등의 으레 하던 루틴 같은 인사치레를 생략한 채 우측으로 시선을 보냈다.

"콜비, 자세히 말해 보게."

"예."

콜비라 불린 중년인이 회전의자를 돌리며 비스듬한 자세를 취했다.

훤하게 벗겨진 이마가 먼저 눈에 띄는 인물은 다름 아닌 극동아시아지국장인 윌리엄 콜비였다.

"유엔 대사관의 스웬슨 참사관으로부터 전해진 내용은 이번 둥강 앞바다의 작전에 문제가 생긴 것 같다는 것이었습니다."

"자세히 말해 보게."

"자세할 것도 없습니다. 간단하니까요. 약 3시간 전에 북한 유엔 대사관의 김강묵 참사관이 직접 전화를 해 왔다고합니다. 마침 당직이었던 스웬슨 참사관이 받았고, 그 내용은 이번 둥강 작전에 참여했던 에스퍼들의 조각난 시체를 가지고 있다는 것과 그중에 한 명이 노랑머리라는 게 전부입니다."

"내용이 달랑 그게 전부라고?"

"예."

"그 외에 아무것도 전해 온 게 없단 말인가?"

"지금까지는요."

"그래?"

"조금 전에 대화 내용 녹음 파일을 보내온 게 있습니다
만……."

"틀어 보게."

"옛!"

콜비가 앞에 놓인 컴퓨터를 빠르게 조작하자, 스피커에서
음성이 들려왔다.

─미대사관의 스웬슨 참사관입니다.

─나는 북조선의 김강묵 참사관이오.

─이 새벽에 무슨 일로 전화를 한 겁니까?

─길게 얘기할 것 없으니 내용만 간단하게 전하겠소.

─…….

─그대들이 중국 단둥 둥강 앞바다에 밀파한 두 명의 특수
대원이 우리 북조선의 선량한 고기잡이 어선을 폭파하려다
죽임을 당했소. 조각난 시체를 우리 북조선에서 보관하고 있
다는 걸 알려 주는 바이오. 이 문제로 곧 유엔이 시끄러워질
테니 그리 아시오. 아, 참고로 둘 중 한 명은 노랑머리라는
걸 알아 두시오. 끊겠소.

─뚜뚜뚜뚜…….

"크흠, 말투가 꽤나 거슬리는군."

"원래 그런 작자들이라……."

영어 발음이 마치 영국 북부 지역에 위치한 스코틀랜드의 거센 억양 같았으니 당연히 거슬릴 법도 했다.

"브랜든, IDA에서는 어떻게 보나?"

마셜 국장이 좌측에 앉아 있는 허옇게 센 머리카락의 중년인에게 물었다.

"자료가 그리 많지 않네. 알다시피 우리 위성이 빈 시간에 일어난 일이라……."

"IDA가 고작 그딴 일로 고민할 일은 없을 테고……."

IDA는 국방분석연구원을 말했다.

원장이 바로 머리가 허연 백발의 하치 브랜든이었고, 마셜 국장과는 대학 동기였다.

"백곰에게서 받은 정보를 풀어 놔 보지 그래?"

백곰은 러시아를 칭하는 은어였다.

즉, 그 시각에 러시아 위성은 살아 있었다는 얘기다.

하지만 미국의 위성이 아니다 보니 정보가 제한적이라는 것은 어쩔 수 없었다.

"쩝. 감안하고 스크린을 보게나."

입맛을 다신 브랜든이 손을 들어 손가락을 튕기자 곧 불이 꺼지고 스크린에 '팟' 하는 옅은 소음과 동시에 영상이 나타났다.

영상은 먹물 같은 어둠 속에 잠긴 한반도와 중국 사이의 바다를 촬영한 모습이었다.

실시간으로 이어지는 동영상은 하얀 포말을 일으키는 거친 물결은 물론 바다에 떠 있는 선박들의 불빛까지 세밀하게 드러내 보이고 있었다.

심지어 대형 크레인까지도 또렷한 것이 일목요연했다.

하지만 팔짱을 끼며 미간을 찌푸리던 마셜 국장은 그마저도 마음에 들지 않았던지 언짢은 투로 말했다.

"지루하군. 좀 빨리 돌려 보게."

"거참, 급하긴. 곧 끝나니 진득이 기다리게."

브랜든의 말이 끝나자마자 거친 물보라가 인다 싶더니, 이내 불길과 함께 물기둥이 치솟는 장면이 영상에 나타났다.

그것을 시작으로 물기둥의 숫자가 수도 없이 늘어나고 동시에 불길도 점점 그 범위를 확대해 갔다.

그렇게 폭발과 불길이 절정에 다다랐을 때, 화면을 일시 정지에 맞춘 브랜든이 입을 열었다.

"수중 폭발은 북한의 기뢰이거나 폭뢰일 걸세."

"기뢰나 폭뢰가 저절로 폭발이 일어난 것은 아닐 테지?"

"물론이네. 더구나 사람이 부딪혔다고 해서 폭발이 일어난다는 것도 말이 안 되지. 그래서 위성사진을 받아 살펴본 후 선양의 존슨 지부장에게 연락을 해 봤네."

"응? 뭐, 뭐라던가?"

"얘기를 해 본 결과, 수중 폭발이 일어난 시각과 에스퍼들이 침투한 시각이 거의 일치한다더군."

두 에스퍼의 사망 확률이 더 높아졌다는 뜻이었다.

"북한의 기술로 에스퍼들의 침투를 잡아냈다고 말하는 건가?"

"믿기지 않지만 북한이 독자적으로 개발한 탐방부이가 설치됐다면 촉수에 걸렸을 가능성이 농후하네."

"뭐? 탐망부이?"

"일종의 소나인 셈인데, 그 성능이 꽤 뛰어나다는 정보네."

"자네의 소식통에 의한 결론인가?"

끄덕끄덕.

"한데 그걸 왜 알려 주지 않았나?"

"헐! 우린 작전이 있다는 것도 몰랐네. 알려 주는 사람은 더더욱 없었고. 자네…… 그런 상황에서 더 할 말이 있나?"

'제길…….'

즉흥적 발상에 의해 전격적으로 실시된 침투 작전이었던 터라 마셜 국장은 따져 놓고도 말을 못 했다.

하기야 마셜 국장 역시 대통령 선거 전에 몸을 뺄 경황이 없었던 탓에 근자에는 선조치 후보고라는 지시를 내려놓은 상태였다.

그랬기에 설령 일이 잘못됐어도 책임을 묻는 데 한계가 있었다.

게다가 부서도 다른 수평적 관계인 IDA야 책임 전가는 물론 따지고 들고 말고 할 대상도 아니었다.

정작 화풀이 대상은 따로 있었다.

'존슨, 이 빌어먹을 자식!'

뒤늦게 이빨을 부득부득 갈아 보지만 일은 이미 벌어진 것이었고 주워 담을 수도 없었다.

"하면 그들이 죽었다는 건가?"

"십중팔구는……."

"쉿, 댐 잇!"

잇새로 힘을 주며 분노를 표한 마셜이 눈에 잔뜩 힘을 주고는 좌중을 돌아보았다.

"플루토에서는 누가 와 있나?"

"접니다."

비교적 젊어 보이는 사내가 손바닥만 펼쳐 존재를 드러냈다.

"누군가?"

"레드폭스의 팀장 짐머 코란트입니다."

"응? 하면 두 사람이 자네 부하들이었나?"

"예, 그래서 상관인 제가 온 겁니다."

"코란트 팀장, 자네 생각은 어떤가?"

머셔와 위버가 살았는지 죽었는지 생사를 묻는 것이다.

"에스퍼도 피육으로 된 인간입니다. 만약 저런 대규모 폭발 반경 내에 있었다고 가정한다면, 살아남기는 어렵다고 여겨집니다."

"끄응, 애도를 표하네."

"가, 감사합니다만, 아직 최종 확인이 된 건 아니라서……."

"그 심정은 이해하네만…… 뭐, 됐네. 그 문제는 이쯤하지."

"국장님, 부탁이 있습니다."

"말해 보게."

"중국에 팀원들을 급파하고 싶습니다."

플루토가 독립기관이라지만 CIA 국장의 관할하에 있기에 허락을 득하려는 것이다.

뭐, 최종적인 명령권자는 국방장관인 파머 클레어였다.

"지금은 시기가 그리 좋지 않네."

"시기가 좋든 나쁘든 저희들에게는 상관없는 얘깁니다."

자리에서 일어나 목소리를 높여 가면서까지 말하는 코란트의 표정은 어딘가 모르게 결연해 보였다.

"흠, 그들이 사망한 것이 최종 확인되면 의논해 보도록 하지."

"감사합니다."

"마셜 국장, 더 보겠나?"

"마저 봐야지."

팟!

스크린에 다시 영상이 떴다.

잠시 수중 폭발이 더 이어지면서 불꽃이 작렬하더니, 얼마 지나지 않아서 잠잠해졌다.

"여기선 화면을 좀 빨리 돌리도록 하지."

영상이 눈이 어지러울 정도로 흔들거리더니 이내 멈췄다.

이어서 드러난 장면에선 여섯 척의 선박이 연달아 폭발하는 것도 모자라 불기둥과 더불어 유폭이 연속해서 일어났다.

당연히 선박들이 금세 산산조각으로 화하거나 두 동강이 나서 침몰하는 장면도 고스란히 잡혔다.

브랜든이 말했다.

"저런 상황에서 뭘 건질 수 있을지 모르겠군."

"확신이 필요해. 북한이 괜히 들고나오는 카드가 아니지 않겠나?"

"그렇긴 하지. 한 가지 더 말해 주지. 그래도 판단이 안 서면 좀 더 많은 자료를 취합해 보도록 하겠네."

"뭔가?"

"타이밍이 안 맞다는 걸세."

"응? 타이밍이라니?"

귀가 솔깃했는지 마셜의 상체가 저도 모르게 브랜든 쪽으로 기울었다.

브랜든이 슬쩍 상체를 멀리하며 손부채질을 했다.

"어허, 내가 담배 냄새를 싫어한다는 걸 모르나?"

"쳇, 깔끔 떨기는……."

"조금만 생각해 봐도 간단히 알 수 있는 일이네. 방금 본 저런 상황이라면, 우리 미국이라도 족히 한 달은 걸려야 뭐라도 건질 수 있을 거란 말이지."

"호, 그래서?"

"그래서는 무슨? 아, 열악한 북한이 무슨 기술로 3일 만에 시신을 건진단 말인가?"

"오! 맞아. 그거 괜찮은 추측이군. 계속해 보게."

"위성에 잡힌 시각이 3일 전 새벽 1시 30분으로 기록되어 있네. 북한에서 아무리 빨리 구조에 나섰다고 해도 하루는 걸렸을 걸세. 그럼 이틀이 남는데…… 남은 영상을 마저 보게나."

브랜든의 손짓에 의해 멈췄던 영상이 다시 돌기 시작했지만, 바다는 언제 폭발이 있었느냐는 듯 잔잔했다.

다만 각종 부유물인 듯한 물체에서 드문드문 빛이 나는 것만 눈에 띌 뿐이었다.

"보다시피 둥강 앞바다는 압록강에서 흘러나오는 물로 인해 조류가 심한 편이라네. 바다의 조류란 겉으로는 고요해 보여도 속은 결코 그렇지 않다네."

"하면 하류로 빠르게 떠내려가니 건질 수 있는 게 별로 없단 말인가?"

"그렇지."

"흠."

그래도 섣불리 판단하기가 고민이 되는지 마셜이 턱을 매만지며 눈을 지그시 감았다.

그때, 출입문을 살며시 열고 들어선 정장 사내가 빠른 걸음으로 다가와서는 마셜 옆에 섰다.

"무슨 일인가?"

"7번 전화를 받아 보셔야겠습니다."

"누군데?"

"코리아지부장 애덤 워싱턴입니다."

"지금은 바쁘니 나중에 하겠다고 전하게."

"지금 받으셔야 한다고 했습니다."

"그래?"

웬만한 일이 아니라면 물러났을 사내의 권고에 마셜이 7번 버튼을 눌렀다.

"워싱턴인가? 나, 국장일세. 흠, 지금 그 일에 대해 논하고 있는 중이네만⋯⋯. 뭐? 그게 사실인가? 그렇다면 잠시 기다리게. 모두가 들을 수 있도록 마이크를 켜도록 하지."

마셜 국장이 스피커를 켜며 말했다.

"둥강 사태에 대해 코리아지부장이 할 말이 있다는군. 같이 들어 보지. 워싱턴, 처음부터 상세히 말해 보게."

―국장님, 조금 전에 국정원의 김 차장이 전화를 해 왔습니다. 그 내용이 심상찮아서 연락을 드린 겁니다. 내용을 말씀드리기 전에 먼저 묻고 싶은 게 있습니다.

―말하게.

―우리가 단둥의 둥강 앞바다 사건에 관련되어 있는지요?

"관련이 있네."

―하면 북한에서 연락이 온 건 없었습니까?

"있었네. 오늘 새벽 4시쯤에 왔었네."

―국장님, 김 차장의 말로는 북한이 둥강의 사태에 대해 우리 측에 무슨 말을 해 오든 전부 거짓말이라고 했습니다.

"뭐? 전부 거짓말이라고?"

―예.

"그렇게 여기는 근거는?"

―선양의 존슨 지부장이 그쪽 국정원 요원에게 우리가 작전에 들어갈 것이라고 언질을 줬다고 했습니다. 그래서 국정원 측에서도 두고 볼 수가 없어 정예 요원 한 명을 둥강 앞바다에 파견했었다고 합니다.

"뭐라? 국정원에서도 관여를 했었다고?"

―예. 하지만 국정원 요원이 당도했을 때는 이미 단둥에 쓰나미가 덮쳤답니다.

"그, 그래서?"

―그 요원은 선박들이 폭발한 예상지점으로 잠입해 들어

갔다고 했습니다. 사고 지점을 무려 2시간이나 헤맸지만 남아 있는 것이 하나도 없었다고 합니다. 그래서 그 요원도 빈손으로 돌아올 수밖에 없었답니다.

"화, 확실한가?"

─북한의 성향을 누구보다 잘 아는 국정원입니다. 김 차장은 혹시라도 그 일로 인해 북한에서 꼬투리를 잡고 협박하는 일이 있을까 싶어 제게 알리는 거라고 했습니다. 저 역시 만의 하나 그런 일이 있을 수도 있겠다는 생각에 전화를 드린 거고요.

"잘했네. 굉장한 도움이 됐네."

─하하핫. 역시 전화를 드리길 잘했군요.

"그럼, 훌륭해. 김 차장에게 고맙다는 말과 함께 빚을 졌다고 전해 주게."

─알겠습니다.

"아, 탈북자들도 무사히 인계해 주고."

─그야 물론이지요.

"좋아, 내가 다시 연락하지."

─옙!

딸깍.

고민하던 문제가 명쾌하게 해결되자, 마셜 국장의 말투에 힘이 들어갔다.

"피터!"

"옛!"

조금은 흥분한 것 같은 마셜 국장의 호명에 끄트머리에 앉았던 정장 사내가 대답했다.

"들었지?"

"예."

"북한 대사관에 당장 전화해서 우린 그런 일이 없다고 강력하게 어필해 줘."

"알겠습니다."

"그래도 고집을 부리면 구체적인 증거를 제시하라고 해. 특히 노란 머리카락의 사체가 있다면 내일이라도 만나 협상에 응하겠다고 해! 놈들에게 시간을 주지 말란 말이다! 알았나?"

"알겠습니다."

배경도 실력이지

김덕모 제1차장이 CIA한국지부장인 애덤 워싱턴과 통화를 끝내고 아침 식사를 위해 자리를 뜬 그 시각, 감사실의 문이 열리면서 강시우 과장이 모습을 드러냈다.

가벼운 트레이닝복 차림의 강시우 과장의 모습은 얇은 흰색 상의로 가슴근육이 도드라지게 드러나 있었다.

거기에 허리도 잘록한 데다 하체까지 쭉 빠져 전체적으로 비율이 좋아 보였다.

강시우가 방향을 틀었을 때, 감사실로 향해 빠른 걸음으로 다가오는 정장 차림의 짧은 스포츠머리를 한 사내와 눈이 딱 마주쳤다.

"어? 과장님, 일찍 출근하셨네요."

"어, 그래. 정 요원도 일찍 왔구만."

"신입 요원들 교육시킬 자료가 좀 많아서 서둘렀지요."

"하긴 바뀐 규정이 꽤 많긴 하지?"

"하핫, 저도 좀 헛갈리는 게 있거든요. 근데 오늘도 체력 단련장 가시는 겁니까?"

"늘 하던 일인데 새삼 뭘 묻고 그러나?"

"그래도…… 어깨를 다쳤잖습니까?"

"이제 다 나았어."

오른쪽 어깨 부위를 쓱쓱 문지른 강시우가 지하로 가는 계단으로 향했다.

"어? 과장님, 저도 같이 가죠."

"바쁘다며?"

"에이, 몸 풀 시간은 있어요."

"그럼 옷이라도 갈아입고 오든지."

"등줄기에 땀이 날 정도로만 할 건데요 뭐."

"그러든지."

"아참! 과장님, 그 친구 왔다고 하던데요?"

"응?"

"아, 왜 그…… 전번에 과장님이 그 친구를 감사하려다가 어깨를 다쳤잖습니까?"

"뭐? 육 담당관?"

육 담당관이란 말을 듣자마자 좋지 못한 기억이 떠올랐는지 강시우의 표정이 대번 일그러지면서 얼굴까지 붉어졌다.

"맞아요. 육담용 담당관요."

"그으래?"

입술을 앙다무는 것으로 보아 '뿌드득' 하고 이를 가는 듯한 표정이었다.

"그 자식…… 언제 왔대? 아니, 온 게 확실해?"

"예, 3차장실의 동기가 알려 줬으니까요. 귀사한 지 며칠 됐다고 하던데요?"

"홍길동 같은 놈이로군. 소속이 3차장 쪽인가?"

"그게…… 동기 놈 말로는 일보에 잡혀 있지 않다고 했어요."

"그럼 소속이 어디야?"

"과장님과 그런 일도 있고 해서 알아봤는데, 알 수가 없었습니다."

"마! 그런 게 어딨어?"

"진짭니다. 그런데 정광수 브라보 팀장과 잘 어울려 다닌다는 정보가 있습니다."

"정광수라면? 3차장실 라인이잖아?"

"맞습니다."

"소속이 없는데 팀원들과 같이 움직인다고? 이게 말이 돼?"

"당연히 말이 안 되지요."

"씨파. 감사실도 알지 못하는 요원이라니? 이거 엄청 수상한 놈일세."

"요원들을 시켜서 본격적으로 알아볼까요?"

"그래야 되는 건 맞는데……."

"왜요? 꺼려지는 게 있습니까?"

"실장님이 알려고 하지 말라고 했거든."

"에? 실장님께서 그런 말을 하셨다고요?"

"응, 감사하지 말고 그냥 놔두라고……."

"하! 놔, 놔두라니요? 그게 무슨 말입니까?"

"이유를 물어봤지만, 그냥 시키는 대로 하라더라."

"아니! 감사실의 감사를 받지 않는 요원도 있답니까?"

"쳇!"

"과장님은 이대로 가만히 있을 겁니까?"

"천만에."

"하면?"

"기조실의 협조를 받아 놈의 정체를 까발리고 말 거다."

"아, 아, 배 과장님과는 동기라고 하셨지요?"

"그래, 배덕상이라면 제아무리 특급 기밀에 속한다고 해도 내 부탁을 거절하지는 않을 거다."

"하핫, 조만간 알게 되겠네요."

"그나저나 그 자식도 보통은 아니었어."

"아, 애들이 용을 써도 꿈쩍하지 않았다는 얘기는 들었습니다만…… 그거 진짭니까?"

"응."

"하핫, 그래도 뭔가 있긴 하군요."

"무식하게 생긴 놈이 있긴 뭐가 있다고…… 어디서 족보도 없는 놈이 불쑥 나타나서는 깝치고 있는 게지."

"푸후훗."

미간이 확 찌푸려지는 강시우의 눈치를 본 정 요원이 짧은 웃음을 내보이고는 말을 이었다.

"그런데 과장님."

"……?"

"저기……."

"뭔데 그리 주저하고 있나? 할 말이 있으면 하라고."

"얼마 전부터 나도는 얘기가 있는데요."

"응? 그게 뭔데?"

"진위는 확실하지 않습니다."

"말해 봐. 듣고 판단할 테니까."

"그게…… 우리 회사에 특급 비밀 요원이 있다는 소문이 나돌고 있는데, 혹시 아는 게 있으신지요?"

"푸훗."

"아, 괜한 소문입니까?"

우뚝.

강시우가 걸음을 멈추고는 현관 로비 중앙을 보고 섰다.

"이봐, 정문구."

"예."

"특급 비밀 요원이란 저기 비석에 새겨진 별로서 빛나는 사람들을 두고 하는 말이야."

"그, 그야…… 저도 알지요. 하지만 들리는 소문은 그런 부류가 아니니 하는 말입니다."

"그래? 내용이 뭔데?"

"그게 코드 원의 그림자라고……."

"뭐? 코드 원의 그림자?"

"……예."

"언 넘이 퍼뜨렸는지 모르지만 그 소문이야말로 진짜 코미디로군. 이봐, 생각을 해 보라고. 코드 원께서 집권한 후 뭐부터 정리했나?"

"그야 대공 요원들이죠."

"맞아. 그 친구들이 대거 빠져나가면서 우리가 더 바쁘게 된 건 사실이지. 근데 비밀공작이라면 치를 떠는 분이 그림자 요원을 곁에 두고 부릴 것 같냐고?"

"그, 글쎄요."

"비밀공작이나 음모, 술수 같은 걸 무지 싫어하는 사람이 바로 코드 원이란 말이다. 그 이유가 뭔지는 알지?"

"예, 본인이 그런 식으로 당한 게 많아서 그렇죠."

"잘 아네. 그러니 그따위 소문은 믿지도 말고 그런 종류의 일은 입도 뻥긋하지 않는 게 신상에 이로울 거다. 턱도 없는 소문이니까. 알아들었어?"

이런 말도 다 정문구가 자신의 심복이기에 해 주는 것이었다.

"예, 잘 알겠습니다."

"기왕에 말이 나왔으니 당장 확인해 보자고."

말이 끝나자마자 돌아선 강시우가 다시 집무실로 들어가자, 정문구가 황급히 뒤따랐다.

파일을 뒤진 강시우가 A4 용지 한 장을 들고는 휴대폰으로 전화를 걸었다.

상대방이 전화를 받았는지 강시우가 거만한 어조로 내뱉었다.

"나야. 사람 하나 조사해 봐. 팩스로 보내지. 빠르면 빠를수록 좋아. 수고."

탁.

"PA입니까?"

"그래."

"근데…… 괜찮겠습니까?"

국정원 요원의 신상을 제멋대로 터는 것을 두고 하는 말이었다.

설사 요원이 아니더라도 절차를 밟아서 할 일이라 정문구가 우려하는 것이었다.

"괜찮지 않으면?"

"실장님이 아시기라도 하면……."

"알 턱이 없지. 꽤 유능한 애거든. 아니라도 내가 꽤 열 받고 있다는 게 더 중요해."

'젠장, 하필이면 그때 실링팬이 떨어져 가지고…….'

당시 다치지만 않았더라도 이딴 실랑이를 할 필요가 없음은 물론 스트레스도 쌓이지 않았을 것이다.

더구나 이렇게 무리할 필요도 없었다.

"이봐, 정 요원, 휴대폰 캐치할 수 있지?"

"헉, 거기까지 해야 합니까?"

"응. 오기가 나서 말이야. 놈의 전화번호를 알려 줄 테니 대화 내용을 좀 따 봐."

"과장님, 거기까지는 너무 나가는 것 같습니다. 글고 지금 애들 신입들 땜에 무지 바쁘다고요. 아시잖아요?"

"알아. 그래도 해. PA들 시키면 되잖아?"

"그, 그게…… 직책이 담당관이면 5급 사무관입니다. 제가 나서기에는 좀…….."

"풋! 그냥 부르기 편해서 갖다 붙인 직책이야. 그러니 쫄 것 없다고."

"……."

자신만만한 강시우의 말을 반박하고 싶은 마음이 굴뚝같았지만 정문구는 입을 다물고 말았다.

그러나 속내까지는 그렇지 않았다.

'성질도 참……'

강시우는 분명히 능력이 있는 사람이다.

그래서 심복을 자처하며 콩이 팥이라 해도 군말 없이 따르는 상사였다.

하지만 국정원은 아무에게나 직책을 갖다 붙일 정도로 만만한 곳이 아니다.

"이봐, 우리 회사는 특정한 사건이 발생할 경우 개나 소나 할 것 없이 다 불러들여서 도움을 받는다는 걸 몰라서 그래?"

"그거야 잘 알지요."

"그래, 바로 그거라고. 설사 문제가 생긴다고 해도 내가 책임질 테니까 자넨 걱정 말고 시키는 대로 해. 내 빽이 뭔지 잘 알면서 그래?"

강시우의 입꼬리가 올라가면서 '걱정도 팔자다.'라는 식으로 대각선을 이루더니 말을 이었다.

"사장님도 뭐라고 할 수 없는 권력이라고. 알아?"

'뭐, 친구이긴 하지.'

그래도 불안한 마음이었지만 저리도 길길이 뛰니 눈앞에서 거절할 수가 없었다.

"뭐, 책임지신다면…… 해 보지요."

마지못해 대답은 하지만 정문구의 썩 내켜 하지 않는 표정은 여전했다.

'젠장. 무모할 게 따로 있지. 그딴 자식이 대체 누구라고?'

어찌 됐든 정문구는 강시우에게 제대로 밉상이 된 상대의 얼굴이 궁금해졌다.

"좋아. 기왕에 이렇게 됐으니 끝까지 가 보자고. 정 요원도 들어 보고 참고를 해."

강시우가 다시 휴대폰을 들어 스피커로 전환하고는 전화를 걸었다.

"어, 배 과장. 나야."

─허이구, 네 녀석이 첫새벽부터 웬일로 전화를 다 했냐?

"첫새벽은 무슨? 출근 중이야?"

─짜샤, 퇴근을 했어야 출근을 하든 말든 하지.

"또 밤새웠어?"

─그래. 넌?

"나도 출근했지. 사무실이야."

─헐. 세상이 다 아는 뺀질이가 웬일이래?

"시끄럽고. 하나만 부탁하자."

─부탁?

"그래."

─내가 해 줄 수 있는 일이라면. 뭔데?

"육담용이란 자식의 정체를 말해 줘."

─뭐? 육담용?

"응. 그놈 정체가 대체 뭐기에 다들 쉬쉬하는 건지 모르겠다."

─육 담당관을 말하는 거냐?

"그래, 그놈."

─으음, 미안한데…… 그건 좀 곤란해.

"아놔, 넌 또 왜 그래? 마! 내가 그 자식 정체를 알면 회사가 뒤집어지기라도 한대?"

─노코멘트.

"어라? 야! 동기 좋다는 게 뭐냐? 이럴 때 도와줘야 하는 거 아냐?"

─짜샤, 네놈이 동기라서 이러는 거다. 그리고 충고하는데, 육 담당관은 건드리지 마라. 건드렸다간 네 신상에 별로 이로울 게 없다.

"아니, 왜? 이유가 뭐야?"

─노코멘트라니까 그러네.

"야! 네가 깜빡한 모양인데 이 강시우, 감사실 과장이야. 그놈이 회사원이라면 감사를 피할 수 없다고? 알아?"

─헐, 너야말로 뭘 모르는 것 같다. 이러는 데는 다 이유가 있는 것 아니겠냐?

"그러니까 감사실에서 모르는 이유가 어딨냐 말이다."

─정 궁금하면 네 상관에게 여쭤봐. 거기까지는 안 말릴 테니까.

"실장님도 회피하니까 네게 묻는 거잖아?"

-실장님도 회피하는 일이라면 게임이 안 되는 내 짬으로야 더더욱 말 못 하지. 야, 바쁘니까 이만 끊자.

"어? 야! 마! 배덕상! 이런 씨……."

"과장님, 배 과장님까지 실드를 치고 나서는 걸 보면 괜히 벌집을 쑤시는 것 아닐까요?"

"벌집은 무슨?"

"조금 께름칙해서요."

툭툭.

"내가 알아서 할 테니 자넨 캐치나 잘해."

"……!"

"자, 자. 쓸데없는 걱정하지 말고 운동이나 하러 가자고."

"……예."

'어째 불안한데…….'

"안 갈 거야?"

"가, 갑니다."

'뭐, 책임진다고 했으니…….'

국정원의 지하 체력단련실.

퍽. 퍽. 퍼퍽! 퍽!

샌드백에서 북이 터지는 소리가 연방 울려 퍼지면서 이른 새벽의 체육관을 뒤흔들었다.

쿨렁. 쿠울렁. 쿨렁. 쿨렁.

면도날처럼 예리한 발차기의 강도에 육중한 샌드백이 시계추처럼 좌우로 심하게 흔들렸다.

끼긱. 끼기긱. 끼긱.

양발을 번갈아 가며 연거푸 타격할 때마다 샌드백이 몸살을 앓으며 삐거덕대는 소음이 조용한 단련실을 귀기로운 분위기로 이끌었다.

앞차기, 옆차기, 돌려차기, 찍어차기, 몸통치기, 팔꿈치 가격, 니킥 등이 연거푸 작렬했다.

스텝이 거의 없는 발놀림은 바닥을 디딜 새가 없이 허공을 날아다녔다.

예도 격식도 없는 무차별적인 공격 일변도의 격투는 특공무술에서 기인했다.

특공무술.

무도인이라면 근본도 없는 무술이라고 폄훼하는 무자비한 격투기다.

하지만 특수부대원이거나 동류의 출신들에게는 최고의 가치를 다양성에 두고 있는 만큼이나 효율적인 것만은 틀림이 없는 살인 기술 중 하나였다.

처한 환경에 구애받지 않으며 손에 잡히는 것이 뭐든 치명적인 무기가 되는 살인 기술.

그 근간은 강인한 정신력, 강렬한 투기와 더불어 강력한 근력에 기반을 두고 있었다.

뻐억! 뻐억! 뻑! 뻑! 뻑!

출렁출렁.

삐걱. 삐거걱.

소리가 갈수록 더 요란해지면서 샌드백이 금방이라도 터질 듯이 광란의 몸부림을 쳐 댔다.

우뚝.

막 더블 훅을 날리려던 담용이 동작을 멈췄다.

이유는 촉이 와서다.

'젠장! 뭐가 이리 허접해?'

언뜻 보기에도 단단해 보이는 샌드백이었지만 고작 1시간이 채 지나지 않았음에도 너덜너덜한 태가 났기 때문이었다.

특공무술에 관해서는 이미 눈을 감고도 시전할 수 있는 경지에 이른 담용이었지만, 타격력을 보완하고 응축시킨 힘을 효율적으로 풀어내는 데 주력하고 있는 중이라 수련이 살짝 부족한 감이 없지 않았지만 여기서 멈추는 게 나았다.

'쩝, 할 수 없지.'

격한 단련을 통해 카타르시스를 느끼려는 게 아닌 바에야 샌드백을 터트릴 필요까지는 없다고 여긴 담용이 손에 감은 붕대를 풀었다.

1시간여를 타격에 몰입한 탓에 국방색의 반소매 속옷이 땀으로 흥건히 젖어 근육이 고스란히 드러나 보였다.

담용은 제대를 하고서도 하루도 빠짐없이 수련해 온 터라 국정원에서 밤을 보낸 지금 성주산 대신 단련실을 찾은 것은 당연했다.

'군대보다 시설이 훨씬 좋군.'

다시 훑어봐도 족히 100평 규모는 될 법한 단련실은 웬만한 헬스클럽보다 나은 기구들로 채워져 있었다.

타격 수련을 하기 전에 이미 비치된 기구들 중 필요한 것들만 골라서 단련했던 터라 관리가 잘되어 있는 점도 확인했다.

예전에 있던 군대의 시설은 구형 기구인 데다 녹까지 슬어 하나하나 점검하고 손을 보면서 사용해야 했다.

거기에 비하면 여긴 천국인 셈이었다.

'저기 있군.'

샤워실을 발견한 담용이 걸음을 옮길 때, 출입문이 열리면서 사람들이 들어섰다.

'부지런하군.'

간편한 운동복 차림이라 업무가 시작되기 전에 단련실을 찾은 요원들임을 짐작한 담용이 그들과 지나치며 출입문 옆에 위치한 샤워실로 향했다.

서로 안면이 전혀 없었기에 말을 걸어오는 이들은 없었기에, 묵례만 살짝 하면서 지나쳤다.

그때 다시 출입문이 열리면서 앞장서 들어서는 사내와 눈이 딱 마주쳤다.

"어라? 너, 너⋯⋯."

'제기랄, 밥맛 떨어지는 상판을 이런 곳에서 만나다니. 근데 뭐? 보자마자 너라니!'

"후후훗, 이 자식, 안 그래도 찾고 있던 중인데 잘 만났다."

'하필이면⋯⋯.'

반가운 사람과의 만남은 기꺼우면서도 즐겁다.

하지만 그 반대로 껄끄러운 사람과의 뜻밖의 조우에서 당하는 상대의 웃음은 조소로밖에는 보이지 않는다.

게다가 반말도 모자라 손가락질까지 해 대는 상대라면!

'아침부터⋯⋯.'

몸 잘 풀고 수련까지 마쳐 개운했던 담용의 기분이 급격히 다운된 건 당연한 일이었다.

"어이! 육담용!"

언제 봤다고 이름까지 막 불러 댄다.

'예의를 밥 말아 먹은 놈.'

담용은 상대하고 싶지 않아 반응도 하지 않고 샤워실로 향했다.

"야! 거기 서!"

우뚝.

'하!'

담용은 어이없다는 듯 내심 김빠지는 숨을 불어 내며 돌아섰다.

여기서 더 이상 피한다는 건 자존심 문제이기 전에 비겁한 짓이었다.

더구나 강시우의 음성이 컸던지 각자 운동기구를 찾아가던 요원들이 두 사람을 주시하고 있지 않은가?

수군대는 소리도 다 들렸다.

"감사실의 강시우 과장님이시잖아?"

"왜 아니래? 근데 저 친구는 누구지? 넌 알아?"

"아니, 처음 보는 얼굴인데?"

"어? 난 본 적이 있어."

"그래? 어디에 누군데?"

"나도 잘 몰라. 언젠가 회사에서 나가는 걸 스치듯 본 것뿐이니까."

"컷아웃 요원인가?"

"에? 고작? 스리퍼일 수도 있잖아?"

요원들이 말하는 컷아웃은 연락책이었고, 스리퍼는 휴면 첩보원을 말했다.

"뭐, 워낙 도깨비 같은 회사니 처음 보는 요원이 한두 명이겠어?"

"근데 강 과장님은 왜 또 화가 났대?"

"그거야 모르지. 혹시 감사를 피한 건가?"

"헐, 감사를 피해? 그게 피한다고 되는 일이라면 나도 피해 다니겠다."

"아무리 그래도 감사실과 척을 져서 좋을 건 없는데…… 특히 강 과장은 지나치게 지독한 면이 있어서 말이야."

"쉿. 강 과장님, 화가 잔뜩 났다."

요원들이 수군대는 소리가 담용의 귀에는 천둥처럼 들려왔다.

담용도 더 참지는 않았다.

"내게 볼일이 있나?"

"뭐? 볼일이 있나? 지금 내게 반말한 거야?"

"존대를 받고 싶다면 예의를 갖추든가."

"하!"

'이 새끼가 도대체 뭘 믿고?'

하도 어이가 없다 보니 기도 안 찬 강시우가 주변에 보는 눈이 많은 걸 보고는 목소리를 착 가라앉혔다.

"뭐, 좋아. 감사실로 좀 가지."

"난 거길 갈 이유가 없다."

"그럼 한 가지만 물어보자."

"……?"

"너는 우리 회사 직원이냐 아니냐?"

"대답할 가치도 없는 질문이군."

애매한 대답.

하지만 강시우에는 경멸 어린 말투로 들렸다.

'뭐야, 이 자식.'

정말 대단한 배경을 가지지 않고는 감사실 과장에게 저리도 대범한 대꾸를 할 수 없다.

그런 생각이 들자, 조금은 조심스러워지는 강시우였다.

"네 녀석의 배경이 대체 얼마나 대단하기에 사규도 어기면서 똥배짱을 부리는 거냐?"

"푸홋! 배경? 그딴 거 없다. 설사 있다고 해도 배경도 실력이 아닌가?"

"뭐라?"

한마디도 지지 않고 꼬박꼬박 느물대는 말투에 화가 치밀었던지 강시우의 눈썹이 춤을 추듯 꿈틀댔다.

'이런, 씨팔!'

바닥도 안 보이는 까마득한 후배, 아니 새카만 하급자일 게 분명한 녀석이 과장을 가지고 논다는 생각이 들자, 분기가 치밀며 절로 주먹에 힘이 들어갔다.

'이걸 그냥 콱!'

한주먹거리도 되지 않을 놈이 계속해서 이죽거리자, 강시우의 얼굴이 술을 들이켠 것처럼 불콰해졌다.

언제 자신이 이런 대우를 받았던가?

감사실 과장으로서 무소불위에 가까운 권력을 휘두르는 자신에게 이런 고자세로 나오는 요원은 단연코 없었다.

하물며 국장까지도 말이다.

분노가 극한에 달했지만 가까스로 참아 낸 강시우가 입술을 부들부들 떨어 댔다.

"끄응, 좋다."

"그럼 볼일 봐라."

'흥! 이대로 가겠다고? 천만의 말씀이지.'

담용이 두 발짝 떼었을 때 강시우가 다급히 말했다.

"잠깐!"

"뭐야, 또?"

"이렇게 하지."

"……?"

"계급장 떼고 한판 붙자. 대신 진 사람이 이긴 사람의 요구 한 가지를 들어주는 거다. 어떠냐?"

"별로 구미가 당기지 않는 제안이군."

"겁먹은 건 아니고?"

"글쎄."

계속 시큰둥한 반응을 보이자, 다급해진 강시우가 말했다.

"내가 지면 감사는 없는 것으로 하지. 사실 따지고 보면 요원으로서 감사를 안 받는다는 건 불공평한 처사잖아? 그러니 이런 식으로라도 당당하게 면제받는 게 어때?"

"원 별 깻묵 같은 소릴 하고 자빠졌네."

"뭐, 뭐라? 깨, 깻묵?"

"이봐, 강 과장이라고 했나? 사칙에 어긋나면 그냥 자르면 되지 뭔 말이 그리 많아?"

담용이 더 들을 가치도 없다는 듯 홱 돌아서며 중얼거렸다.

"뭐, 네게 그럴 능력이 있어야 가능하겠지만."

"어, 어…… 이, 이봐!"

담용이 돌아섬으로써 분위기가 급격히 냉각됐다.

'이, 이 새끼가!'

들은 척도 하지 않고 샤워실로 향하는 담용의 모습에 그러지 않아도 억지로 틀어막고 있던 분기가 터져 버렸다.

"마! 어디서 족보도 없는 새끼가 기어들어 와 분탕질을 치고 다녀! 그것도 쫄따구가 말이야. 너! 앞으로 내 눈에 띄면……."

우뚝.

강시우의 말이 끝나기도 전에 담용이 걸음을 멈췄다.

욕설을 들어서였다. 더 이상 참는다는 것은 자신에게도 모욕이었다.

'이 자식이 매를 버는구나.'

홱!

돌아선 담용이 빠른 걸음으로 강시우를 지나치더니 중앙

의 매트로 향했다.

　담용도 화가 치밀었지만 드러내지 않고 꾹 내리누른 참이
었다.

　'시간 끌 것 없이 한 방에 끝낸다.'

　그러지 않아도 할 일이 산재해 있는 몸.

　여기서 시간을 허비할 생각은 추호도 없는 담용이었다.

누가 너보다 직급이 낮다고 했나?

담용이 매트의 가장자리에 자리를 잡고는 강시우를 향해 검지를 까닥거렸다.

"와라."

"……!"

"한판 붙자며?"

꿈틀.

강시우의 이마에 굵은 지렁이 같은 주름이 한껏 좁혀졌다.

얼굴이 온갖 욕설로 뒤덮인 표정으로 잔뜩 구겨져 있었다.

'거, 건방진 자식…… 오냐, 아예 곤죽을 만들어 주마.'

하지만 내심과는 달리 이내 입가에 비릿한 웃음을 매단 강시우의 보폭이 커졌다.

'흥, 시건방진 애송이.'

바라던 바였고, 자리는 만들어졌다.

'패대기쳐진 개구리처럼 만들어 버리겠다.'

격투기라면 요원들 중 적수가 없을 정도였으니, 강시우의 걸음걸이는 여유가 넘쳐 났다.

"후훗, 나를 원망하지 마라."

강시우가 담용에게로 향하는 동안 또다시 요원들 사이에 수군대는 목소리가 들려왔다.

"헛, 지금 대련인 것 같지?"

"말투에 감정이 실린 걸 보니, 단순한 대련은 아닌 것 같은데?"

"딱 봐도 결투야. 방금 강 과장님 열 받는 것 봤잖아? 근데 저 친구가 강 과장님의 상대가 될까?"

"어려울 거야. 합기도 5단에 검도가 5단 그리고 태권도 5단인 강 과장님인데 상대가 되겠어?"

"맞아, 거기에 킥복싱까지 섭렵했다고 들었어. 게다가 매일같이 단련해 오던 분이시잖아?"

"그런데 저 친구도 몸이 꽤 괜찮아 보이지 않아?"

"그러게. 제법 탄탄해 보이긴 해."

"맷집은 있게 생겼다."

"하핫, 이거 단련하러 왔다가 기막힌 구경을 하게 생겼네."

"맞아, 좀처럼 보기 드문 장면인데 그냥 보기 뭣하지?"

"왜? 또 내기하자고?"

"크크, 그냥 구경하기는 밋밋하잖아?"

"나 참, 내기라면 사족을 못 쓰니 어려울까?"

"재밌잖아? 잘하면 돈도 벌고. 모두 콜?"

"좋아, 콜."

"나도 콜."

"까짓것 나도 콜이다. 근데 내기가 성립될까? 죄다 강 과장님한테 걸 거잖아?"

"히히힛, 그래서 혹시 이럴 때가 있을까 싶어 미리 준비해 놨지. 짠."

"헛, 심지는 또 언제 준비했냐?"

"진정한 내기꾼이라면 이 정도는 기본으로 가지고 다니지."

"미친넘."

"자, 자. 네 개니까 각자 하나씩 뽑아. 긴 건 강 과장님에게 거는 사람이고, 짧은 건 저 친구에게 거는 거다. 이의 없지?"

"젠장. 복불복이로군. 얼만데?"

"3만 원 빵."

"우라지게 비싸네."

다들 투덜거리긴 했지만 심지를 뽑는 데 주저하지 않는 걸 보면 이것도 소소한 재미라고 여기는 듯했다.

"제길, 짧은 거야."

"히힛, 난 긴 거다."

네 명이 전부 뽑은 결과 2 대 2가 됐다.

"후후훗, 이거 3만 원 따게 생겼군그래."

"이봐, 길고 짧은 건 대봐야지."

"말이 되는 소릴 해. 우리 중에 강 과장님을 이길 사람이 어딨어?"

"맞아. 대련도 슬슬 피해 다니잖아?"

"대련하자고 할까 봐 난 아예 이 시간에 안 와."

"근데 왜 왔어?"

"쳇! 한동안 부상당해서 안 나오기에 오늘도 그런 줄 알았지."

"야, 조용. 시작한다."

요원들이 수군대는 동안 담용과 마주 선 강시우의 음성이 들려왔다.

"어이, 준비됐나?"

"나, 바쁜 사람이다. 빨리 몸부터 풀지 그래? 몸을 풀지 못해서 깨졌다는 소리는 듣기 싫으니까."

"흐흣, 그딴 것 하지 않아도 충분할 것 같은데?"

"그럼 그냥 붙든가."

말을 하면서 동시에 강시우의 몸을 살피는 담용이다.

'피지컬은 괜찮아 보이는군.'

다소 건방지고 덜렁대는 것처럼 보이지만, 탄탄한 근육이 제대로 잡힌 것으로 보아 단련을 게을리하지 않았음을 한눈에 알 수 있는 몸매였다.

특히 일명 '갑빠'라고 불리는 대흉근이 도드라진 것이 단련을 게을리하지 않았다는 것을 증명했다.

하지만 그저 매끄럽고 보기에만 좋을 뿐, 역경이란 훈장이 없는 몸매 그 이상도 그 이하도 아닌 느낌이었다.

"딱 바닥에 대자로 눕히는 정도까지만 하겠다. 뭐, 에크모까지 동원할 필요는 없을 테니 안심하라고."

에크모는 죽지 않게 하는 생명 유지 장치를 말함이었으니 녹초로 만들어 주겠다는 뜻이었다.

'풋, 스스로의 얼굴에 금칠하는 것도 버릇인가 보군.'

그럴 것이 에크모 직전까지 가게 하겠다는 것은 어떤 상황에서도 강약을 조절할 수 있는 무도의 달인들이나 할 말이었기 때문이다.

"여전히 말이 많군. 내가 먼저 갈까, 아니면 먼저 오겠나?"

"이익, 이 시건방진 자식."

말이 끝남과 동시에 강시우가 왼발을 미끄러지듯 내밀며 자세를 잡고 손을 반쯤 구부려 뻗었다.

군더더기 하나 없는 동작은 자연스러웠고 그 몸놀림 하나로 분위기가 확 달라졌다.

그러나 그건 보통 사람들에게나 통할 격식에 지나지 않는 포즈일 뿐이었다.

차라리 지금 이 사간에도 중국을 비롯한 각 나라에서 온갖 역경을 무릅쓰고 목숨을 건 임무 수행에 나서고 있는 요원들이 더 나았다.

강시우는 그냥 화초다.

담용이 보기에는 딱 그 수준.

'푸훗. 치열한 전장에서 저런 얌전한 형식이 통할지 모르겠군.'

"다시 한 번 말해 두는데, 설마 겨루기로 착각하는 건 아니겠지?"

"그럴 생각은 추호도 없으니 빨리 시작하지."

다시 한 번 다짐을 두는 강시우의 말에 담용의 대꾸는 메마른 대지처럼 건조하기 짝이 없었다.

'건방진 놈.'

스슥. 스스스슥. 휙!

스텝을 밟으며 틈을 노리던 강시우가 번개같이 다가서더니 오른발 돌려차기로 담용의 왼쪽 다리를 가격해 왔다.

퍽!

측면 장딴지 부위에 꽤나 강한 타격음이 났다.

그러나 잽싸게 물러나던 강시우의 볼이 순간적으로 실룩

대는 것이 역력하게 드러났다.

'윽!'

이유는 정작 가격을 당한 담용은 끄떡없는데 반해 선제공격을 한 강시우의 충격이 더 컸던 탓이었다.

'웨, 웬 쇳덩이야?'

마치 단단하게 박힌 쇳덩이를 가격한 것처럼 자신의 발등에 통증이 가해지는 것을 느낀 강시우는 속으로 해연히 놀랐다.

당연한 일이었다.

담용이 차크라를 일으켜 사이킥 포스, 즉 강기를 살짝 두른 상태였으니 강시우의 오른발이 부러지지 않은 것만도 다행이었다.

그러나 곧 아무렇지도 않다는 듯 표정 관리에 들어간 강시우가 고통을 잊으려는 듯 연이어 담용에게로 쇄도해 들어갔다.

'네 녀석도 고통이 있으렷다.'

태연한 척하지만 자신의 고통만큼이나 담용도 대미지를 입었을 것이라 자신한 강시우는 검도로 단련된 빠른 스텝을 이용해 쇄도하는 즉시 오른손을 수도로 바꿔 목 찌르기를 시도했다.

슉! 스윽.

담용이 간발의 차로 목을 젖히자, 연계 기술로 두 손을 갈

퀴로 만들어 얼굴을 확 긁었다.

슬쩍.

'어쭈. 피해?'

목표물을 잃었지만 어림없다는 듯 강시우가 확 잡아채듯 꺾기를 시도하기 위해 왼팔잡기에 들어갔다.

그러나 담용은 의도가 뻔히 보인다는 듯 재빨리 상체를 휘고는 왼팔을 드는 즉시 겨드랑이로 빠져나가는 강시우의 뒷덜미를 잡아챔과 동시에 크게 원을 그렸다.

"헛!"

헛바람 소리를 흘린 강시우의 몸이 졸지에 허공에서 한 바퀴 빙글 돌았다.

'철퍽' 하고 미처 전방낙법을 할 새도 없이 등부터 바닥에 메다꽂히는 불상사가 일어났다.

'악!'

등짝으로부터 전해져 오는 엄청난 충격과 곧이어 닥친 고통에 절로 새어 나오는 비명을 억지로 삼켜 넘겼다.

그러나 이대로 쓰러질 수 없다고 여겼는지 드러누운 자세에서 곧장 등을 튕겨 벌떡 몸을 일켰다.

하지만 피지컬에 비해 충격이 과했던지 일어섰다 싶은 순간, 또다시 꼴사납게 옆으로 풀썩 자빠졌다.

벌떡. 비칠비칠.

재차 일어섰지만 몸의 균형이 완전히 무너졌는지 강시우

는 몇 발짝 더 물러나야 했다.

마음은 빤한데 몸이 말을 듣지 않는 까닭이었다.

이때쯤 구경하던 요원들의 눈빛도 갖가지 의미로 빛을 발했다.

당연히 수군대는 소리도 들려왔다.

"와아. 봐, 봤어?"

"헐. 어, 어떻게 한 거야?"

"어떻게 하긴, 상대의 힘을 삼 푼의 힘만으로 넘겨 버린 거지."

"하지만 붕 떴잖아?"

"그만큼 강 과장님의 공격이 거셌다는 증거야. 당할 경우에는 고스란히 그만큼의 대미지를 입는 거고."

"하! 그럴 수가!"

요원들이 이구동성으로 떠들어 대는 건 그야말로 눈 깜빡할 사이에 공격했던 강시우가 오히려 바닥에 패대기쳐지는 장면이 그들의 뇌리에 전혀 입력되어 있지 않아 혼란스러웠기 때문이다.

그것도 상대가 되지 않을 것 같던 담용의 간단한 손놀림에 의한 것이었으니, 모두들 놀람과 경악의 표정들로 도배되는 것은 당연했다.

'이, 이익!'

요원들의 수군대는 소리를 듣지 못했을 리가 없는 강시우다.

지독한 창피를 당했다고 여겼는지 강시우의 얼굴은 대번에 홍시처럼 벌게졌고, 표정은 참혹하게 구겨졌다.

'시, 실수다!'

너무 덤벼서 당한 것이라 여긴 강시우가 애써 침착함을 찾는 데 주력했다.

'상대의 힘을 이용할 수 있는 수준이라니. 너무 얕보았다.'

턱. 턱. 터덕. 턱. 턱……

가볍게 스텝을 밟으며 공격할 기회를 엿보기 시작한 강시우의 표정은 어느새 차분하게 변해 있었다.

담용은 여전히 그 자세 그대로 서 있었고, 눈초리만 조금 가늘어졌다.

'감정 조율이 빠르군.'

매트에 닿을 듯 말 듯 한 가벼운 발놀림으로 보아 태권도의 대련 품새였다.

요원들이 수군대는 소리를 들었기에 강시우의 커리어는 대충 파악하고 있던 중이었다.

합기도 5단, 태권도 5단, 검도 5단, 킥복싱.

킥복싱을 제외하더라도 합이 15단이면 고수의 경지라 할 수 있었다.

'스펙 하나는 제대로 갖췄군.'

슥. 스슥. 슥.

담용도 태만할 수가 없어 강시우의 움직임에 따라 왼발을 축으로 두고 방향을 바꿔 갔다.

'어디 조금 더 지켜볼까?'

조금 전 결정타를 먹여 단박에 끝낼 수 있었지만, 그놈의 호기심이 동해 조금 더 어울려 보기로 마음을 먹은 담용이었다.

성주산에서의 수련보다는 이처럼 실전 대타가 백배의 진전을 가져다주기 때문이었다.

파팟. 파파파팟.

발을 바꿔 가며 전진과 후퇴를 거듭하던 강시우가 기회다 싶었던지 별안간 스텝을 쪼개 밟으며 벼락같이 다가섰다.

슈악.

강시우의 오른발이 담용의 왼 허리 쪽을 전광석화와 같이 가격해 왔다.

이른바 중단돌려차기였다.

순간적으로 공격 거리를 허용한 담용은 물러서기보다 두 손으로 쓸어 가듯 쳐 냈다.

퍼억!

한데 그것이 지지대가 됐는지 담용의 방어와 동시에 강시우가 신형을 붕 띄우더니 이번에는 왼발로 목을 쳐 왔다.

완전한 노림수였다.

그러나 오른발 중단돌려차기에 힘이 주어지지 않았다는

것을 간파한 담용은 재빨리 머리를 숙이는 것으로 강시우의
공격을 무력화시켜 버렸다.

　휘청.

　강시우가 잠깐 중심을 잃는 것을 봤지만 담용은 그저 노려
보고만 있을 뿐이었다.

　공격이 최선의 방어임을 아는지 언제 휘청했느냐는 듯 강
시우가 틈을 주지 않고 급작스럽게 몸을 회전하더니 돌개차
기를 시도했다.

　뻐억!

　그 역시 담용이 팔을 뻗음으로써 좌측 골반 어름에서 막혀
버렸다.

　하지만 그것이 전부가 아니라는 듯 곧장 '슉, 슈슉' 하고
두 주먹을 번갈아 뻗어 담용의 얼굴을 연거푸 가격했다.

　슉. 스슥.

　스피드도 있었고 타격력도 만만치 않았지만, 강시우의 주
먹에 닿는 감촉은 없었다.

　촌각의 여유도 주지 않는 공격 일변도의 강시우였다.

　끊임없이 공격을 하고 있는 강시우에 반해 담용은 최소한
의 움직임만으로 회피하며 방어에 치중하고 있었다.

　스슥. 슉. 슉.

　발바닥을 매트에 붙인 채 상체만 젖히는 것으로 연속되는
공격을 흘려보내는 담용. 그의 눈에는 강시우의 공격 루트가

훤히 보였기에 굳이 과한 더킹과 위빙을 할 필요가 없었다.

그러다 보니 악에 받쳤는가?

"아아악!"

발악 같은 기합을 내지른 강시우가 급기야 온몸으로 부딪칠 듯 바짝 다가선다 싶더니, 느닷없이 니킥으로 담용의 사타구니를 공격했다.

'이 자식이!'

담용은 순간적으로 욱했지만 재빨리 오른쪽을 무릎으로 쓸어 냈다.

니킥이 막혔다 싶은 순간, 강시우의 키가 불쑥 커졌다.

"헉! 허어억!"

강시우의 가빠진 호흡이, 뱉어 내는 거친 입김이 담용의 코에 닿았다.

찰나, '쉭' 하는 짧고도 격한 파공음에 이어 강시우의 팔꿈치가 바로 담용의 눈앞에 다가와 있었다.

'호, 제법. 킥복싱의 응용인가?'

담용이 푹 꺼지듯 간발의 차로 주저앉았다.

찰나, 강시우의 허리께가 어깨에 걸쳐진 형세가 되고 말았다.

이를 놓칠 담용이 아니었다.

강시우의 몸통을 번쩍 들어 올림과 동시에 허리힘을 이용해 용수철처럼 튕겨 버렸다.

"어어어…… 흐악!"

쿵-!

경악성을 지르며 족히 3미터 높이로 4, 5미터가량 날아간 강시우의 몸이 매트를 세차게 강타했다.

"컥!"

새된 비명을 내지른 강시우가 오뚜기처럼 빨딱 일어섰지만, 역시나 전신의 뼈란 뼈들이 몸서리를 치는지 중심을 잡지 못하고 비틀거렸다.

"으아아아-!"

휘청대면서도 또다시 발악 같은 포효를 뱉었다.

'성질하고는…….'

시뻘게진 눈빛으로 주변을 노려보던 강시우가 느닷없이 고함을 내질렀다.

"정문구!"

"예…… 옛!"

"내 목검을 가져와!"

"아! ……예."

'훗! 이번에는 검도인가?'

음식을 골고루 맛보는 것 같은 기분이 들었지만 마음은 씁쓸했다.

이유는 죽도가 아닌 목검이어서다.

담용이 검도에 대해 잘 모른다고 해도 죽도보다는 목검이 더 위험하다는 것쯤은 알고 있었다.

'목검이라면 해동검도를 연마한 건가?'

죽도는 대한검도였고, 목검은 해동검도의 상징인 것 정도는 알고 있는 담용이었다.

정문구가 목검을 가져오는 동안 실내는 쥐 죽은 듯 조용했다.

얼핏 보기에도 경악한 눈빛이 역력한 요원들.

그런 분위기 속에 강시우의 시퍼런 눈은 날카로운 비수가 되어 담용의 몸을 관통하고 있었다.

'쩝, 눈빛만으로 보면 난 이미 여러 번 죽었겠군.'

하기야 부하들이 보는 앞에서 어디서 듣도 보도 못한 무지렁이한테 창피를 당했으니 나름 엘리트라 자부하며 오시하고 다녔던 강시우로서는 감당하기 어렵기도 할 것이었다.

"던져!"

'자식이, 신경질은……'

목검을 가져오는 정문구에게 버럭 성질을 부리는 강시우의 모습을 본 요원들의 표정이 별로 좋지 않은 것만 봐도 놈은 점수가 확 깎인 것 같았다.

아무리 아랫사람이라도 국정원 요원인 이상 막대해서는 안 된다. 이들 모두 유능한 인재들이기 때문이다.

달리 말하면 개개인의 자존감이 그만큼 높다는 뜻이다.

'쯧, 끝내야겠군.'

더 끌었다간 분위기가 막장으로 치달을 것 같은 예감이 들었다.

'응? 검은색?'

강시우가 든 목검은 검은색이었다.

그렇다면 박달나무가 아니라 흑단목으로 만든 목검일 것이다.

나무 중에서 가장 단단하고 무겁다는 흑단목은 그 가격이 만만치 않은 만큼 위력적이었다.

"크아아아~!"

타타타타탓.

기수식도 없이 목검을 머리 위로 곧추세운 채 곧장 내달려 오는 강시우의 자세는 그야말로 일도양단의 기세였다.

'미친…….'

담용도 이번에는 가만히 서 있지 않고 미끄러지듯 마주쳐 갔다.

두 사람이 정점에서 만나는 것은 순식간이었다.

순간, 강시우는 목검을 담용의 머리통을 단숨에 쪼개 버릴 듯한 기세로 내리쳤고, 담용은 차크라의 기운을 끌어 올려 주먹에 사이킥 포스를 두른 채, 목검과 마주했다.

깡~!

난데없는 쇳소리가 울려 퍼지면서 동시에 강시우의 입에서 '크헉' 하고 괴로워하는 신음이 흘러나왔다.

바인더북

때를 같이하여 박살이 난 목검이 바닥에 흩어졌다.

'이, 이놈이!'

담용은 목검 안에 심을 박아 놨다는 것을 단박에 알아챘다.

충격의 강도가 그랬고, 바닥에 흩뿌려진 잔해를 봐도 그랬다.

그게 쇠막대기임을 안 순간, 담용의 발 차기가 뒤로 주춤 물러나는 강시우의 복부에 여지없이 틀어박혔다.

뻐억!

"끄윽!"

철퍼덕.

주르르르.

'비겁한 자식.'

담용은 여기서 그칠 마음이 없었는지 매트 위에 나뒹굴 채, 주욱 미끄러지는 강시우를 따라잡고는 대뜸 발을 들었다.

"아, 저, 저기……."

잠용의 의도를 눈치챈 정문구가 말리고 나서려 했지만, 담용이 쳐다보지도 않고 손을 들며 말했다.

"누구든 나서는 자가 있다면 용서치 않겠다."

담용의 엄포에 정문구가 찔끔하고 물러섰다.

어디 한 군데쯤 부러뜨려야 직성이 풀릴 것 같은 기분이었던 담용이 발을 막 내리누르려다가 멈칫했다.

'빌어먹을 놈.'

입에 게거품을 문 채, 눈까지 까뒤집고 있는 강시우를 보고는 그만 발에 힘을 풀고 말았다.

이대로 오만한 데다 비겁하기까지 한 놈을 용서해야 할지 말지 잠시 갈등했다.

'이 새끼를 병신 만들어 버리고 그만둬 버려?'

담용 자신은 뒷배도 없고 족보도 없고, 학력도 별 볼 일 없는 국정원 특채 요원일 뿐이다.

더구나 국정원에 와도 앉을 만한 변변한 책상도 없다.

뭐, 그따위 핫바지 자리에 연연할 담용은 아니었지만, 올 때마다 휴게실에서 지내야 하는 처지가 못마땅하던 차였다.

하기야 프리랜서 입장이니 이해 못 할 것은 아니다.

당연히 국정원에 미련 따위 버린 지 오래라 강시우쯤은 병신으로 만들어 버리는 걸 두려워할 그 무엇도 없다.

이유는 떳떳했다.

정당방위이기도 했지만 쇠막대기를 넣은 목검을 사용했다는 것은 상대를 죽이려 들었다는 것과 다름없기에 불구로 만들어 버린다고 책잡힐 일도 아니었다.

나아가 이런 비겁한 놈이 국정원 요원이란 건 말이 안 된다는 이유도 있었다.

'후우.'

담용이 마음을 고쳐먹었는지 내심으로 한숨을 내쉬고는 강시우 옆에 쪼그려 앉았다.

탁. 탁. 탁.

나디를 이용해 막힌 기혈을 확인하고는 손바닥으로 몇 차례 쳐서 통하게 만들었다.

반응은 금세 왔다.

"끄응."

눈을 몇 번 깜빡이던 강시우가 담용을 발견하고는 몸을 일으키려 버둥댔다.

그러나 담용이 이마를 꾹 누르자 맥없이 쓰러졌다.

'새끼, 성질을 아무 때나 부리고 있어.'

"으으윽."

뒤늦게야 장기가 진탕된 고통이 오는지 강시우가 오만상을 찡그리며 몸을 웅크렸다.

'훗, 꽤나 오래갈 거다.'

내부가 진탕됐다면 고생은 덤이고, 몸이 회복되는 데도 시간이 제법 걸릴 것이다.

그러나 정신은 말짱해서 담용이 툭 건드리며 입을 열었다.

"어이."

"이익! 너…… 이 자식."

"이제 보니 쪼잔하기까지 한 놈이로군."

"뭐? 뭐……."

"됐고. 하나 물어보자."

"……?"

"나하고 원수진 일이라도 있나?"

"…….."

그런 게 있을 리가 없으니 무슨 할 말이 있을까만 강시우도 할 말은 있었다.

"가, 감사는 누구나 받는 거다."

별 개떡 같은 소리다.

"푸훗, 상사의 지시를 개똥으로 아는 놈이로군."

"…….."

감사실장에게 들은 바가 있었으니 더 할 말이 없는 강시우가 눈만 껌뻑댔다.

"이봐, 여차하면 목숨 줄을 뜯기는 전장에 서 봤나?"

"……!"

간단한 말이었지만 송곳같이 푹 파고드는 말투였다.

파르르르.

강시우의 눈꺼풀에 경련이 일었다.

"쯧, 온실 속의 화초가 강풍을 동반한 눈바람을 어찌 견딜까?"

"……!"

담용이 거칠고 사나운 세계를 전전하는 비밀 요원이란 뜻이 함축된 말이었다.

그 말이 충격이었던지 강시우의 볼이 실룩거렸다.

특수부 비밀 요원이라면 감사 대상이 아님을 모를 리가 없었으니 강시우가 받은 충격은 결코 적은 것이 아니었다.

"그리고 누가 너보다 직급이 낮다고 했나?"

"……?"

강시우의 눈이 담용을 직시했다.

이건 또 무슨 말인가?

분명히 담당관이라 부르는 것을 들었다.

담당관이라면 아무리 높게 쳐줘도 5급 사무관이다.

강시우의 직급 역시 5급 사무관이었지만 고참에 속했기에 서열이 한참 앞선다.

'비, 빌어먹을…… 그 생각을 못 했군.'

국정원 요원들 중에 공공연히 드러내 놓지 못하는 직급이 있음을 비로소 생각해 낸 강시우였다.

그럴 것이 국정원 요원이 갖는 특이성.

같은 팀원이거나 혹은 잘 알고 지내지 않는 이상 서로를 존중해 줘야 하는 이유가 바로 직급을 알 수 없다는 데 있었다.

설사 직급을 부르더라도 그 직급이 실제라고 예단해서도 안 된다.

괜히 비밀투성이 국정원이 아닌 것이다.

강시우의 행동은 모든 걸 떠나 하극상만으로도 중한 징곗감이었다.

"지금 일은 내가 가만히 있어도 영감들이 그냥 넘기지 않을 테니, 마음의 준비를 해 두는 게 좋을 거다."

이건 담용이 간섭할 수 있는 문제가 아니어서 두고 볼 일이었다.

"……!"

"그리고 경고하는데…… 다음부터 절대 내 눈에 띄지 마라."

스윽.

북풍한설 같은 냉기 서린 말투로 경고를 한 담용이 일어서더니 곧장 돌아섰다.

냉랭한 찬 바람의 매서움이 느껴지는 외면이었다.

"……!"

강시우의 초점 잃은 눈에 잠시 이채가 어렸다가 사라졌다.

하지만 이내 소금물에 잔뜩 절은 배추처럼 사지를 축 늘어뜨려 매트에 의지하는 강시우다.

지금 강시우의 심정은 나락으로 떨어지고 있는 중이었다.

그 연유는 창피도 창피였지만 도무지 부정할 수 없는 실력 차이에 있었다.

정신 줄이 도저히 수습되지 않는 강시우를 뒤로하고 담용은 거침없이 샤워실로 향했다.

담용이 떠난 자리로 정문구가 득달같이 다가와 강시우를 살폈다.

무조건 달래야 해

부우웅―!

"아침의 일은…… 유감입니다."

담용이 모는 레인지로버의 조수석에 탄 조재춘이 어색한 분위기를 떨치려는지 어렵게 입을 뗐다.

말투에도 조심스러운 태가 나는 것이 담용의 심기를 상하지 않게 하려는 듯했다.

"그 일은 잊었습니다."

당연히 강시우와의 일에 대한 내용임을 모르지 않는 담용의 말투는 시큰둥했다.

"안 그래도 요원들 사이에 말이 많았던 친구였습니다."

"……."

대꾸는 하지 않았지만 담용이 느끼기에도 그랬을 것 같았다.

강시우는 어딘가 부유한 집안에서 부족한 것 없이 자란 태가 역력했으니까.

그런 자에게 감사실 감찰이라는 칼을 손에 쥐여 주었으니 제멋대로 휘두를 수밖에.

"강 과장은 오늘부로 대기 발령 상태입니다."

"……!"

조재춘의 말에 담용의 미간이 모였다. 뜻밖의 중징계였기 때문이다.

대기 발령이 무서운 것은 길어야 두 달 아니면 세 달째에 면직이 되기 때문이다.

면직은 사직서를 내라는 통보나 마찬가지였다.

지금이 오전 10시가 조금 못 되었으니, 엄청나게 빠른 조치라 할 수 있었다.

'쩝, 영감들의 입김이 작용한 거로군.'

담용의 내심을 읽기라도 했는지 조재춘의 입에서도 같은 말이 나왔다.

"세 분 차장님들이 그 소식을 듣고 화가 많이 나셨습니다. 오 실장님은 길길이 날뛰었고요."

오 실장이란 감사실의 오성환 실장을 말함이었다.

"지시를 했음에도 불구하고 그런 일이 벌어졌으니 화가 날

만도 하지요."

"……."

담용은 여전히 묵묵히 운전에만 열중할 뿐이었고, 조재춘
역시 여전히 조심스럽게 입을 떼고 있었다.

조재춘으로서는 그럴 수밖에 없는 것이 상사의 엄중한 지
시를 받은 바가 있었기 때문이다.

그렇지 않아도 중국 둥강의 일로 미국과 득실을 따지느라
밤을 꼬박 새운 차장들이었다.

그렇게 겨우 쪽잠에 들었던 차장들은 담용과 강시우의 일
을 보고받고 화들짝 놀라서는 그 즉시 상황을 파악했다.

단련실 사건의 실체에 대해 아는 요원들이 워낙 많았던 탓
에 전말을 알아내는 것은 일도 아니었다.

조재춘은 그 이후 최형만 3차장과 한 대화를 떠올렸다.

-이봐, 조 과장, 오늘 육 담당관과 코리코프에 동행하기
로 되어 있지?

-예.

-그럼 달래 볼 기회가 있겠군.

-그러지 않아도 그럴 생각입니다. 근데 강 과장에 대한
조치가 있어야 할 것 같습니다.

-알아. 그 자식…… 대기 발령을 시키기로 했다.

-에? 대기 발령요? 그, 그게 가능하겠습니까?

─뭘 염려하는지 알아. 하지만 그 자식의 뒷배는 걱정을 하지 않아도 돼.

─아, 예.

─강 과장 같은 놈 천 명이 있어도 육 담당관과 안 바꾼다. 내 말 무슨 뜻인지 알지? 아니, 그건 자네가 더 잘 알겠군.

─그, 그럼요. 국민들이 안다면 뒤집어질 공을 세운 요원이 갑질로 마음이 상했다면 저라도 정나미가 떨어졌을 겁니다.

─바로 그거야.

─마음이 많이 상했을 겁니다. 거기에 사전에 미리 조치하지 못한 저희의 책임도 있고요.

─그 때문에 차장들이 배수진을 쳤다. 만약 사장님이 고집을 부린다면, 우리 모두…… 떠나기로 말이다.

─헉! 떠, 떠나요?

─뭐, 자넨 남아 있든가.

─저, 저도 그런 일이 생긴다면 옷을 벗겠습니다.

─진정인가?

─옛!

─좋아, 그런 마음으로 육 담당관을 설득시켜.

─알겠습니다.

─아, 그리고 코리코프의 일은 투자금을 더 늘려도 돼.

─예에? 무슨 말씀이신지…….

─육 담당관의 기분을 좋게 하는 일이라면, 뭐든 내주란

말이다.

—그, 근데 얼마나 더…….

—여유 자금이 일곱 개는 되지?

—예.

—흠, 다섯 개까지는 더 내줘도 된다고 결정했으니, 그렇게 알아.

—하지만 기조실의 전 실장님이 동의해 주겠습니까?

—전문호 실장과도 얘기가 끝났으니까 하는 말이다.

—아, 알겠습니다. 하지만 문제가 그것으로 끝나지 않는 거 아시지요?

—알아. 금융감독원이 날을 세우겠지.

—맞습니다. 외자가 차입될 시 신고를 해야 합니다.

—통화의 유통이 많아지면 곤란한 건 사실이니까. 하지만 그보다는 지금 재정위원회 위원장인 채무경이 더 문제라고.

—예, 골수 친일파 의원입니다.

—이번 사금융의 제도권 유입도 그 양반이 거의 주도하고 있어. 특히 일본 자금의 진출에 적극적이란 말이다.

—쓰지 못하고 있을 뿐이지 이미 들어와 있지 않습니까?

—맞아, 대전산단에 은닉해 둔 돈은 빙산의 일각이지.

—대전산단은 육 담당관이 곧 손을 쓸 겁니다. 정 팀장이 나머지 돈을 찾는 데 시간이 걸려서 문젭니다.

—내년 초부터 시행할 테니 올해 안에 끝내야 해. 찾지 못

하면 할 수 없는 거고. 문제는 채무경이 일본 자금이 진출하기 전에 기존의 신용금고가 시장을 선점하는 것을 원치 않는다는 거다.

―역시 일본의 로비에 의한 거겠지요?

―그래. 그래서 당장 시행할 수 있음에도 차일피일 미루고 있는 거지.

―국내 사채업자들과의 조율이 잘 안 되고 있습니까?

―노골적으로 왜색을 띤 업체가 금융업에 진출한다면 좋아할 국민들이 있을까?

―아무리 돈이 궁해도 국내 업체를 찾겠지요.

―바로 그 때문에 사채업자들을 끼고 사업하려는 거지. 그런데 조율이 쉽지 않은 것 같다.

―그들도 돈놀이에 이골이 난 자들이니까요.

―뭐, 그건 시간이 조금 있는 일이니 일단 두고 보자고. 지금 당장 급한 일이 뭔지는 알고 있지?

―예, 범조련의 일입니다.

―그래, 그 빨갱이 놈을 쥐도 새도 모르게 지워야 하는데, 육 담당관의 심기가 저래서야 부탁이나 해 보겠냐고?

―너무 걱정 마십시오. 적어도 공과 사는 구별할 줄 아는 사람으로 알고 있습니다.

―그러면야 뭔 걱정이겠나? 문제는 자네 말마따나 정나미가 떨어졌을까 봐 염려되는 거야.

-최선을 다해 보겠습니다.

-아닌 말로 육담당관이 회사로 와도 앉을 자리 하나 없잖아? 기껏해야 대기실에서 대기하고 있다가 면담만 하고 가는 처지라고. 아무리 특수 비밀 요원이라고는 하나, 사실 국민적 영웅이라고 불려도 손색이 없지. 자리 하나 마련해 주는 게 뭐가 어렵다고 소홀했는지 후회가 돼. 입장을 바꿔서 나나 조 과장 같으면 기분이 좋겠어?

-별로 좋지 않았을 겁니다.

-맞아. 거기에 강시우 놈에게 멸시까지 받았으니, 육 담당관이 지금 어떤 심정이겠나?

-…….

-그 나이에 꿋꿋이 참고 있는 게 이상할 정도지.

-차장님 말씀을 듣고 보니 해 주는 것 없이 부려 먹기만 한 것 같습니다.

-그래, 그래서 당근을 제시할 생각이야.

-……?

-그 왜 지금 떠들썩한 초대형 금융 비리 사건 말이야.

-아, 정공진 게이트 말입니까?

-그래, 그놈들이 착복해서 은닉해 둔 돈을 쥐도 새도 모르게 가져올 사람은 육 담당관밖에 없지.

-아, 아. 무슨 말씀인지 알겠습니다.

-코리코프에 투자할 돈이 필요할 테니, 거기서 조달하게

하고 우린 눈감는 거지.

─지금은 세탁해 줘야겠군요.

─당연하지. 그러니 가능하다면 오늘 하루 육담당관 옆에 딱 붙어 있어. 올인해서라도 무조건 달래라고. 아, 기회를 봐서 범조련의 일도 부탁해 보고. 시간은 좀 있지만 미리미리 준비하게 말이야.

─노, 노력해 보겠습니다.

─조 과장이 육 담당관과 가장 오랫동안 접촉해 왔으니 잘해 봐.

─옛!

그것이 담용과 동행하기 전, 대화의 전부였다.

고로 조재춘의 내심은 치열한 전쟁터로 나가는 병사의 마음이나 진배없을 정도로 긴장해 있었다.

그럴 것이 담용이 국정원에서 마음이 떠난다면, 실로 막대한 손실을 감안해야 하기 때문이었다.

업무의 가성비는 둘째 치고라도 첩보 임무에 있어 성패가 달려 있었으니, 무슨 짓을 해서라도 붙잡아야만 했다.

초능력자를 잃다니.

도무지 말이 안 되는 일이었기에 차장들도 사퇴라는 배수의 진을 치고 나온 것이다.

'후우, 강 과장의 부친이 사장님과 친구 사이가 아니라 할

아버지라도 이번 일을 되돌리기는 쉽지 않겠어.'

뭐, 강시우의 부친이 가만히 두고 보고 있을 리는 없다는 것을 모르지 않는다.

이유는 이 나라의 권력자 중 한 사람이어서다.

'그래도 안 되는 건 안 되는 거다.'

조재춘은 그렇게 되는 것이 순리라 생각했다.

'골치 아픈 일이 없어야 할 텐데······.'

담용을 걱정하는 것이 아니라 강시우와 그 집안이 걱정되는 조재춘이었다.

'쩝, 뭐라도 말을 걸어야 할 텐데, 저렇게 딱딱하게 나오니······.'

그런데 딱히 할 말도 없다.

'투자금 증액에 대한 얘기나 해 볼까?'

아서라.

그건 비장의 카드로 써먹어야 했다.

그래도 막중한 책임을 맡은 만큼 할 일은 해야 했다.

"저기······ 강 과장은 병원으로 후송됐습니다. 결과는 오후에 나온답니다."

"혹시 동깁니까?"

'아싸, 말을 했어.'

복권을 맞은 기분이 이럴까 싶었다.

"아니요. 2기 후뱁니다."

입을 뗐다는 것이 중요했기에 재빨리 차창 밖을 훑고는 얼른 말을 이었다.

화제를 바꿀 필요가 있어서다.

"호오! 그동안 몰랐었는데 이렇게 나와서 보니 단풍이 절정이네요."

새삼스럽다는 듯 탄성을 자아내는 조재춘이다.

"뭐가 그리 바쁜지 단풍 구경을 할 시간도 없었네요."

'풋, 애를 쓰는군.'

하지만 그까짓 일로 마음을 내보일 수는 없어 담용은 계속해서 묵묵하기로 했다.

사실 딱히 할 말이 없기도 했다.

조재춘의 말대로 해발 3백 미터도 안 되는 대모산의 정경이 어느새 울긋불긋하게 거듭나 있었다.

'그러고 보니 노인네들 단풍 구경도 못 시켜 드렸구나.'

새로 들인 손주란 놈이 있음에도 제 일이 바쁘다는 핑계로 두 분이 사시던 때와 똑같이 생활하게 해서야 되겠는가?

'더 늦기 전에 단풍이나 구경시켜 드려야겠군.'

그런데 날씨 때문에 문제가 될 것 같았다.

11월 초임에도 기온이 뚝 떨어져 옷깃을 여며야 할 정도의 쌀쌀한 날씨였으니 말이다.

한기에 내성이 생기지 않은 상태여서 공기가 더 차갑게 느껴지는지는 모르지만, 노인들에게는 감기 걸리기 딱 좋은 날

씌였으니 담용은 우려가 됐다.

'뭐, 사시면 얼마나 더 사시겠어?'

그게 중요했다.

'오늘이 7일 화요일이니 이번 주말과 일요일이면 어떨까?'

당일치기면 너무 촉박하기도 하고 노인네들도 피곤해할 것이니 1박 2일 코스가 좋다는 생각이었다.

당연히 할 일이 산적해 있는 담용은 함께하지 못한다.

'고모도 가시라고 해야겠군. 가만…….'

문득 정인의 부모도 함께 모시는 건 어떨까 하는 마음이 들었다.

여행 중에 자연스레 상견례도 할 수 있어 따로 시간을 내지 않아도 될 것 같았다.

어차피 내년 봄에 결혼식을 올려야 한다면, 단풍 구경만큼 좋은 기회도 없지 않은가?

'그나저나 어디로 가지?'

기억 저편에서도 단풍 구경이라곤 해 보지 않았으니 뇌리에 떠오르는 건 누구나 다 아는 설악산이었다.

하지만 이맘때의 설악산은 눈까지 내려 춥기도 했고, 또 이미 늦었다.

담용은 급한 마음에 묵묵부답의 틀을 깨고 조재춘에게 물었다.

"조 과장님, 지금…… 단풍 구경을 하려면 어디로 가는 게 좋습니까?"

"어? 단풍 구경 가시게요?"

"아! 할아버지, 할머니 바람 좀 쐬게 해 드리려고요."

"그거 좋죠. 단풍이라면 전라도 정읍의 내장산이 제일 좋지요."

'아, 맞다, 내장산!'

가을 단풍이 유명하다고 알고는 있었다.

'그래, 내장산이면 아직 늦지 않았겠지?'

"아마 지금쯤이면 그쪽까지 내려갔을 테니, 단풍이 절정을 이루고 있을 겁니다."

"도움이 됐습니다."

담용은 강행하기로 하고는 휴대폰으로 전화를 걸었다.

─담용이냐?

"어, 나야. 별일 없지?"

─하핫. 네가 보내 준 자금이 **빵빵**한데 별일이 있겠냐? 공사도 순조로워서 이번 주 내로 본관은 상량식이 가능할 것 같다.

"호오, 벌써?"

─그래. 윤 소장님이 애를 많이 썼지. 근데 무슨 용건이냐?

"아, 할아버지, 할머니 단풍 구경 좀 시켜 드릴까 하고."

─단풍 구경?

"응. 더 늦기 전에 바람 좀 쐬시라고. 네 생각은 어때?"

―조오치. 근데 두 분만?

"뭐, 고모님과 동생들도 가면 좋겠지."

―그러지 말고 판을 좀 키우는 건 어떠냐?

"판을 키우다니, 어떻게?"

―상량식 기념으로 아예 공사장 인부들과 가족들까지 포함해서 나들이 한번 가는 걸로. 뭐, 예산이 문제이긴 하지만 그 정도야 감당할 수 있지 싶은데?

"헐, 그렇게 되면 버스 두 대는 필요하겠다. 인원이 얼마나 돼?"

―그건 지금부터 알아봐야지. 어때? 콜?

"쩝, 일단 인원부터 파악해 봐. 아, 정인 씨 부모님까지 포함해서."

―히힛, 울 엄니와 형, 형수까지 모시고 갈 거다.

"끙, 그러든지."

―날짜는 언제쯤이 좋겠냐?

"이번 주말. 괜찮겠어?"

―엥? 이번 주말이라고?

"응. 왜? 문제 있어?"

―그게…… 지금 김장 준비 중이거든.

"아, 김장…… 언제 시작할 건데?"

―오늘까지 김장거리가 다 들어오게 되어 있으니, 내일 절

이고 모레부터 시작하려고.

"몇 포기나?"

ㅡ일단 1천 포기 계획하고 있다.

"헐, 그걸 누가 다 해?"

ㅡ어쩌겠냐, 사람을 사서 해야지.

"흠, 그러지 말고 인부들 안식구들을 동원하는 건 어때? 일당도 넉넉하게 쳐주고."

ㅡ그래, 그것도 한 방법이네. 아! 어차피 단풍 구경을 갈 거니까, 그걸로 생색을 내면 되겠다. 오케이, 그렇게 하자고.

"짜식이, 어째 그쪽으로 머리가 돌아가냐?"

ㅡ인마! 너도 내 입장이 돼 보면 돈 한 푼 나가는 게 얼마나 무서운지 알 거다.

"하하핫."

ㅡ쳇! 웃지 마, 짜샤. 어쨌든 날짜가 빠듯하긴 하지만 준비해 보지 뭐. 근데 어디로 갈 건데?

"내장산."

ㅡ와! 내장산이라면 단풍으로는 '데끼리'지. 자금은 네가 댈 거지?

"야! 돈 줬잖아? 거기서 써."

ㅡ키킥. 마! 그냥 해 본 소리다. 참, 너도 갈 거지?

"난 곤란하니 네가 책임지고 인솔해."

바인더북

-알았다. 정인 씨가 실망하겠지만 다들 좋아하겠네.

"수고 좀 해 줘."

-아, 잠깐만.

"왜?"

-그러지 않아도 네게 전화하려고 했는데 말이다.

"뭔데 그래?"

-며칠 전부터 공사장에 껄렁한 놈들이 기웃거리고 있어.

"뭐? 양아치들이야?"

-그건 잘 모르겠고 질이 별로 좋아 보이지 않는 녀석들이 사전 답사를 하는 것 같아 보이더라.

"그래? 시비는 없었고?"

-아직까지는.

"흠, 아무래도 새로운 놈들이 자리를 잡은 것 같다."

조폭이나 깡패, 양아치 들은 없앤다고 없어지는 부류가 아닌 잡초 같은 존재들이라 올해 초에 정리를 했다고 해도 소용이 없는 짓이다.

더구나 심곡동, 소사동이 위치해 있는 부천 남부 영역이 무주공산의 공백이 길었던 탓에 지역을 넘보는 놈들이 나타나는 것은 당연했다.

"할아버지도 아셔?"

-이사장님이 먼저 눈치채시고 내게 말씀하신 거다.

"걱정하시겠네."

─당연하지. 원래 규모가 크든 작든 공사장이라면 깡패들이 꼬이기 마련이잖아?

그건 맞는 말로 수법은 이렇다.

공사 하청을 요구해 중간에서 커미션을 착복하는 일과 자재 납품의 할당 또는 업소 할당 등이 그것이다.

당연히 강제성을 띤 억지 요구로, 목적은 쉽게 돈을 벌려는 것이었다.

"할아버진 어떡하고 계셔?"

─어, 윤 소장하고 같이 김장독 묻을 장소를 물색하고 계셔.

"알았다. 그 문제는 내가 알아보고 해결할 테니, 너무 신경 쓰지 마라."

─하핫, 그럴 줄 알았다. 가능하면 빨리 해결해 줘.

"그러지."

─더 할 말 없으면 끊자, 지금 좀 바쁘거든.

"그래."

통화를 끝낸 담용이 다시 전화를 걸려다가 멈칫했다.

'김장독을 묻을 거라고?'

퍼뜩 뭔가 뇌리에 전구가 들어왔다.

조재춘에게 물으려던 담용이 곧 김도원이 우려한 일부터 처리하기로 하고 다시 전화를 걸었다.

─어이쿠! 형님, 오랜만입니다.

영등포시장에 근거지를 둔 명국성이었다.

"어, 잘 있었는가?"

─그게…… 안 돌아가는 머리를 굴리느라 죽을 지경입니다. 좀 풀어 주시면 안 되겠습니까?

"고등학교 과정은 마쳐야지 사람구실을 할 것 아닌가?"

─아이고오, 중학교 검정고시도 마지막 시험에 겨우 턱걸이한 마당에 고등학교는 무립니다. 형님, 제발 살려 주십시오. 예?

"그렇게 힘든가?"

─말도 마십시오. 중학교 과정은 그럭저럭 따라가겠는데 고등학교 과정은 제게 넘사벽입니다. 그러니 되지도 않을 일에 매달려 낑낑대는 것보다 히히힛, 하던 일을 좀 하게 해 주시면……. 진짜 절대 나쁜 짓 하려고 엄살을 떠는 것 아닙니다.

"알았다. 다른 애들은?"

─아, 애들은 정말 열심입니다. 어릴 때 농땡이를 쳐서 그런 건지는 몰라도 저와는 달리 머리들이 좋은 편입니다. 저만 빼놓고 죄다 고등학교 과정을 공부하고 있는걸요. 한마디로 공부 바람이 불었다는 것 아닙니까?

"그렇게 열심이라면 다들 내년에는 합격할 수 있겠군."

─아마 그럴 겁니다.

'이래서 내가 그동안 전화를 하지 않았던 거지.'

기껏 공부하라 해 놓고 싸움박질까지 시키면 이놈들 머리가 터질 테니까.

"인한이는 어때?"

─에혀, 그 자식은 진짜 독종입니다.

"응? 독종이라니?"

─단체 수련을 할 때 외에는 코빼기도 안 보이니까 그러죠.

"엄청 열심이라는 소린가?"

─그럼요. 만박이까지 와서 쪼아 댄다니까요?

"어? 만박이가 거기 있어?"

─뭐, 마 회장 사무실에서 일 끝나면 곧장 이리로 오니까요.

"잘하고 있군. 또 누가 열심히냐?"

─그 외는 엄써요. 아, 대갈빡은 제외해야 합니다.

"엉? 왜?"

─그놈은 이미 대학물을 먹었거든요.

"오! 그래?"

─하핫. 비록 중퇴지만 우리 검정고시파의 장자방이 그놈입니다.

"뭐? 거, 검정고시파?"

─히히힛, 마땅한 이름도 없고 해서 이번에 지은 겁니다. 어때요? 괜찮죠?

'개뿔이……'

뭔 조폭 단체 이름에 학구열이 물씬 풍기는 '검정고시파'라니 가당키나 한가?

명국성이 중학교 과정을 떼다 보니 눈에 뵈는 게 없나 보다.

'쯧, 지들이 알아서 할 일이니……'

담용은 상관하지 않기로 하고 화제를 돌렸다.

"흠, 필승이는 어때?"

필승이는 영암에서 인연이 된 불닭발이다.

성은 독고씨로 별명이 삼신이라 불릴 정도로 거한이었다.

─쩝. 그놈은 중학교는 졸업했지만 저와 같은 과라 공부 안 합니다.

"그럼 뭐 하고 지내나?"

갑갑해할 것 같아 묻는 말이었다.

─히힛, 업소들을 순회하면서 어슬렁거리는 게 걔가 하는 일이죠, 뭐.

"아, 업소는 잘되고?"

─그럭저럭 돌아갑니다. 조금씩 살벌해지고 있긴 하지만요.

"살벌해지다니? 왜?"

─도끼파 떨거지들이 모이기 시작했거든요.

영등포 지역의 터줏대감이었던 도끼파는 마약 사건으로

인해 두목은 물론 대부분의 중간 간부들까지 죄다 영창에 달려 들어가 복역하고 있는 중이었다.

"애들 공부하는 데 방해가 되겠군."

ㅡ그까짓 떨거지들이야 코에 바람 한 번 넣는 셈 치면 해결됩니다.

"그야 뭐……."

그나저나 부탁하기가 곤란하게 됐다.

ㅡ형님!

"왜?"

ㅡ저희들 쓸 일이 있어서 연락하신 거죠?

"아니……."

ㅡ에이, 척하면 삼천리고 포 하면 삼천폰데, 제가 눈치 하나는 빠르거든요.

"아니라니까 그러네."

ㅡ어딥니까?

명국성의 말투에 의지가 실린 것을 보니, 더 이상 다른 말을 들으려 하지 않을 것 같았다.

'쯧, 머리 쓰는 일이 골 아프다는 사람을 억지로 공부시킬 수는 없지.'

하기야 주먹을 쓰는 사람이니 중등 과정을 마친 것만으로도 충분할 수 있겠다 싶었다.

불가능한 것은 없다지만 안 되는 거는 안 되는 거다.

-아, 얼른 말씀하시라니까요?

"그럼 하나 물어보지."

-말씀하시지요.

"중등 과정 졸업만으로 만족하는 애들이 몇 명이나 되지?"

-사실 인한이만 빼면 거의 전부라고 보시면 됩니다. 만박이가 인한이에게만 붙어 있는 것도 그런 이유고요.

"그렇다면 지금 억지로 공부하고 있는 셈이란 건가?"

-그렇게 보면 됩니다. 체력 단련 시간에는 신이 나서 단련실로 오지만, 끝나고 공부방에 가는 걸 지옥문으로 들어가는 것처럼 여긴다니까요?

"흠, 그거…… 애들 생각이 확실히 그래야 한다는 것쯤은 알지?"

-그럼요. 누구 앞이라고 거짓말을 하겠습니까?

"좋아, 애들 동원해서 할 일이 하나 있어."

-으흐흐훗. 어딥니까?

"내가 사는 동네."

-어? 형님 동네라면 부천이잖습니까?

"맞아."

-거긴 예전에 한번 가 본 곳인데요?

"기억하는군."

윤상돈의 메디컬클리닉에서 깽판을 놓던 깡패들을 처리한 적이 있어서였다.

―왜요? 누가 또 자리를 잡았습니까?

"아직은 어떤 상황인지 잘 모르겠어. 다만 우리 할아버지께서 복지관을 짓고 계신 중인데, 껄렁한 놈들이 와서 어슬렁거린다고 해."

―하! 공사장에 얼쩡거린다면 돈 냄새를 맡았다는 얘긴데요?

"그런 것 같아."

―짜식들, 죽으려고 날 받아 놓은 놈들 같아서 원…….

"한번 가서 살펴보겠나?"

―으흐흣, 저도 그렇지만 애들도 몸이 근질거리던 참입니다.

"그렇다고 너무 요란 떨지 마라. 사고도 적당히 치고."

―옙! 아주 살살 할 겁니다. 즉시 출동하지요, 으흐흐흣.

'어째 불안한데…….'

명국성의 말투에서 벼르고 벼르던 일을 한꺼번에 폭발시키려는 냄새가 물씬했지만, 자신이 직접 가지 않는 한 믿어 보는 수밖에 없었다.

"아, 가거든 복지관 이사장님께 인사는 꼭 드리도록 해. 첫인상을 좋게 보여야 나중에 부식이나 생필품을 납품할 것 아닌가?"

―어? 저, 정말 그럴 수 있겠습니까?

"그거야 자네들이 하는 양을 보고 판단하시겠지."

-이히힛, 자신 있습니다.

"그러려면 옷을 좀 단정하게 입고 가."

-그건 염려 마십시오. 양복으로 좌악 빼입고 갈 테니까
요. 근데 이사장님이 형님의 할아버지 되십니까?

"그래."

-알겠심돠. 깍듯이 모시겠습니다.

'으이그, 되레 밉상이 될까 걱정되네.'

안 봐도 비디오인 것이, 죄다 깍두기 머리에 두툼한 몸집
에 이은 인상파들이라 허리 한 번 꺾는 데도 조폭 냄새가 확
풍길 것이 틀림없었다.

'이걸 어떡하나?'

하루 이틀 때 빼고 광낸다고 상머슴이었던 자들이 점잖은
선비가 될 수는 없는 일이니 숨을 좀 죽일 필요가 있었다.

"제발 껄렁한 불한당 냄새가 나지 않도록 조심하고."

-그게…… 히히힛. 애들이 워낙 험하게 굴러 놔서……
뭐, 쉽지 않겠지만 최선을 다해 보겠습니다.

"될 수 있으면 곱상한 애들을 앞장세우는 게 좋을 거다."

-멀대네 애들을 앞세우면 그래도 봐 줄 만할 겁니다.

별명처럼 호리호리해서 조폭같이 보이지 않는 멀대였고,
그 직속 부하들 역시 비교적 미끈(?)해서 앞세울 만했다.

그래도 깡패 특유의 버릇이 몸에 밴 애들이라 담용은 마냥
불안했다.

'쯧, 도토리 키 재기지.'

첫인상에서 말아먹으면 자신에 대한 곰방대 할아버지의 걱정이 그만큼 쌓일 것이 걱정됐다.

그렇다고 언제까지 숨길 수도 없었고, 아울러 명국성이 패들을 뒷골목에 마냥 처박아 둘 수도 없는 일.

복지관이 완공되면 할 일이 있을 것이다.

그러니 첫인상이 좋아야 했다.

'흠, 할아버지께 곧바로 가는 것보다 고모 가게에 들렀다가 가는 것도 괜찮겠어.'

아울러 김도원에게 미리 연락해 마중을 나오게 해서 동행시키면 조금 더 나을 것이다.

"그리고 복지관 공사장으로 올라가는 길목에 선녀찬방이란 곳이 있다."

─선녀찬방요? 찬방이라면…… 반찬가겝니까?

"맞아. 고모님이 하시는 곳인데, 거기서 파는 죽이 무지하게 맛있다. 내 이름 대고 원하는 대로 먹어."

아마도 김도원에게서 전해 듣는다면 미리 준비해 놓고 있을지도 몰랐다.

고모인 육선녀는 담용의 말이라면 껌뻑 죽는 시늉을 할 정도로 그를 애지중지했으니 말이다.

─와! 감쇄합니다!

"그럼 부탁 좀 하자고."

바인더북

-아, 잠깐만요.

"왜? 뭐가 또 있어?"

-불곰 말입니다.

"불곰? 누구지?"

-아, 그 왜 동심회 불곰요.

"아, 아. 삼성역세권 불곰 말이냐?"

-예.

강남 동심회 소속의 불곰파는 삼성역세권을 중심으로 삼성동과 대치동을 세력권으로 하고 있는 조직 폭력 단체였다.

일전에 담용에게 무릎을 꿇은 바가 있었고, 마해천 회장의 거성실업에서 훈육을 받았었다.

불곰이 담용의 부하가 되고 싶었지만 현실은 동심회라는 단체의 일파 중 하나라 정리가 필요했던 것이다.

지금은 그것이 문제가 되지 않았나 싶었다.

짐작은 가지만 확인을 위해 물었다.

"그놈이 왜?"

-동심회를 나오고 싶어 하는 것 같습니다.

"흠, 불곰이 남창남과 좀 소원하긴 했지?"

-동심회가 원래 이파 저파 양파 쪽파가 모여서 만든 단체니까요.

"강남역세권이 남창남의 지역인가?"

-뭐, 거기가 중심인 건 맞지만 한남대교에서 말죽거리까

지로 보면 맞을 겁니다.

"꽤 넓군."

─그뿐만이 아닙니다. 최근에는 서초동도 장악했습니다.

"거긴 네 지역이잖아?"

─형님도 참, 비운 지가 언젠데요?

불퉁한 말투에 약간의 날이 서 있는 듯했다.

하긴 세신파, 세구파 하던 시절이 언젠데 지금이야 딴 놈
이 쳐들어와 안방을 차지하고도 남았겠다.

"다시 가고 싶냐?"

─히힛, 딱히 가고 싶은 생각은…….

"가라."

─예? 가, 가라고요?

"네 말투를 보니 딱 그런 느낌인데 뭘 아닌 척해?"

─저, 정말입니까?

"응, 근데 동심회와 맞짱 뜰 자신은 있고?"

─어, 어렵죠.

"그래도 가고 싶으면 가."

─하, 하지만 형님이 조금 도와주시면…… 혹시 안 될
까……요?

"일단 그릇부터 만들어 봐. 그걸 보고 결정하도록 하지."

─으하하핫, 감솨합니다, 형님!

"됐고. 불곰 일은 이유가 뭔지 알아보고 연락해."

-옙!

"지금은 복지관 일이나 잘 끝내."

-넵! 맡겨 주십시오, 형님!

탁.

통화를 마친 담용이 행여 잊을까 싶어 곧바로 조재춘에게 말했다.

"조 과장님, 문무대왕 2 작전은 아직이지요?"

문무대왕 2 작전이란 야쿠자의 자금을 탈취하는 일을 말했다.

바로 대전산업단지 내 폐수처리장에 숨겨 놓은 자금과 나머지 은닉해 놓은 자금을 말했다.

"아, 예. 정 팀장과 팀원들이 애쓰고 있지만 오리무중인 모양입니다."

"남은 시간이 얼마나 될까요?"

"정보에 의하면 새해가 되기 전에 발표를 할 것 같습니다. 변수가 생긴다면 더 빨라질 수도 있고요."

"현재 누가 주관하고 있습니까?"

"채무경 의원입니다."

"채무경 의원이라면……."

잠시 기억을 더듬어 보니 여당 중진으로, 4선 의원이었다. 그 이상은 아는 게 없었다.

지금이나 기억의 저편에서나 정치와는 담을 쌓고 살았으

니 당연한 일이었다.

"지금 국회재정위원회 위원장을 맡고 있지요."

"거물에다 주도할 만한 직책이네요."

"게다가 친일본주의자 중 한 사람이죠."

이 말은 일본 자금의 제도권 입성을 주도한 인물이라는 얘기다.

"기획에다 진행 절차는 물론 업체 선별까지 채무경 의원의 입김이 많이 들어갔다는 소문입니다."

"업체 중 일본인이 포함되어 있습니까?"

"없는 걸로 파악됐습니다."

"어떤 식으로든 끼어 넣을 겁니다."

"뭐, 방식이야 많겠지요."

일단 일본 자금 유입에 앞서 생색내기로 국내 사채업자들을 제도권 안으로 먼저 들인다.

그러면서 동시에 일본 자금을 슬쩍 섞어서 금융권에 똬리를 틀게 하는 것이다.

"더구나 재정위원장이 아닙니까?"

"혹시 금감원까지 영향을 끼칩니까?"

외자도입 시 금감원에 신고를 해야 하기에 묻는 말이었다.

"당연하지요. 그래서 김 차장님께서 일본 엔화의 유입에 채무경 의원이 관여했을 거라고 보는 겁니다."

"흠. 그래서 은행에 예치하지 않고 현금을 은닉해 놓고 있군요."

"은행에 예치했다간 당장 표시가 날 테니까요."

"들여오는 거야 어떤 루트를 통해서든 가능할 테고요."

"아마 밀수선을 이용했을 겁니다. 그게 아니라 정식으로 허가를 득하고 입항했다면, 통관 검사에서 제외됐겠지요."

권력자들이 마음만 먹으면 숭숭 뚫린 구멍을 얼마든지 만들어 낼 수 있다는 얘기로 들렸다.

"해경이 바보는 아니라지만 위에서 지시를 내리면 구멍은 나게 되어 있지요."

'젠장 할.'

담용은 단박에 이해했다.

밀수선이 A루트로 올 예정이라 가정하면 일부러 그곳을 비우게 하면 간단한 일이었다.

"제2금융권의 확대는 대세라는 말이군요."

"예, 코드 원이 묵인하고 있으니까요. 따지고 보면 현재로서는 일본 자금 유입이 역기능만 하는 건 아니니 말입니다. 채무경 의원도 그걸 역설하고 있는 겁니다."

무슨 말인지 모르지 않는다.

달러 대신 엔화라도 들여와 시장경제 활성화와 산업 기능을 제자리에 돌려놓으려 한다는 뜻임을.

'쯧, 당장 그렇게 보일 뿐이지.'

참으로 근시안적인 안목이 아닐 수 없다.

놈들이 곱게 물러난다면 모르겠지만 자금이 고착됐을 때가 문제인 것을.

하지만 그때는 이미 이 정권이 물러난 후의 일이라 사회적 문제가 야기된다고 해도 책임에서 벗어난다.

"일부에서는 신용카드 발급에 대해 말이 많지만, 그 역시 역기능보다 순기능을 무시할 수 없습니다."

끄덕끄덕.

고개를 끄덕이는 것으로 담용도 인정하는 바였다.

신용 사회로 가자면 어차피 실행되어야 할 문제가 신용카드를 사용하는 일이었다.

돈이 없어 소비를 못 한다면 돈을 미리 당겨서라도 소비시킴으로써 시장경제를 활성화해 보자는 얘기다.

이렇게 의미야 좋지만 많은 사람들이 빚에 허덕이게 만드니 문제다.

"코드 원께서 신용카드를 시행한 근본적인 취지는 세금 확보입니다."

이 역시 맞는 말이었다. 아니, 본래의 취지라고 할 수 있다.

신용카드를 많이 사용함으로써 자영업자와 개인 사업자 등 소득이 노출돼지 않는 사람들의 소득을 파헤쳐 그만큼의 세금 확보를 할 수 있기 때문이다.

현재까지는 비닐 지갑이라 할 수 있는 샐러리맨만 죽어라 세금을 내는 풍토이니 말이다.

"신용불량자가 양산되는 책임은 신용카드 실행에 있다기보다 카드 회사의 무분별한 카드 발급이 더 원인이지요."

하기야 신용카드는 돈을 미리 당겨쓰고 추후에 갚는 것이라 전적으로 개개인의 책임이라 할 수 있다.

"신용카드 남발의 대가로 카드 발급사들이 엄청난 적자에 시달리며 망해 가는 것도 업이지요. 그걸 타파하기 위해 카드 발급사들이 신용불량자들을 무지막지하게 쪼고 있는 중이지요."

"그래서 이번 코리코프사의 일이 중요하다는 겁니다."

"코리코프사에는 본사 차원에서 미리 언질을 해 뒀으니 잘될 겁니다."

"서민들을 위해서라도 무조건 잘돼야 합니다. 그건 그렇고, 아직도 못 찾고 있다면 방법을 바꿔 보죠."

"어떻게요?"

"가능성이 그리 크지 않습니다만……."

"어차피 지지부진한 상탠걸요. 말씀해 보시죠."

"수도권을 중심으로 근자에 대규모의 땅을 판 곳을 조사해 보는 겁니다."

"아, 놈들이 땅에 파묻었을 수도 있다는 겁니까?"

"예."

미래에 밭에 돈을 파묻는 일이 있기에 담용이 김장독에서

착안한 것이다.

"11월에는 밭이나 임야를 파는 일이 드무니 찾으려고만 들면 금세 찾을 수 있을 겁니다."

"그렇다면 규모를 예측할 수 있으면 더 쉽겠는데요?"

"그건 당장 계산할 수 있지요. 그러니까 돈을 옮기는 일이니 오픈 트럭은 제외하죠. 아마 3.5톤 냉동 탑차를 이용했을 가능성이 많습니다."

"그렇죠. 지난번에 수원에서 탈취할 때 보니까 한 팔레트에 30억 원이더군요."

"맞습니다. 3.5톤 냉동 탑차라면 여섯 팔레트가 들어갈 겁니다."

"금액이 1조 원가량 된다고 치면…… 대략 쉰여섯 팔레트군요."

"한꺼번에 옮겼다면 열 대의 냉동 탑차가 이용됐을 거고요."

"흠, 최소한 3백 평 이상을 팠다는 결론이군요. 돈이라 2층으로 포개진 않았을 테니까요."

"그 정도 규모라면 동네를 탐문하는 것만으로도 쉽게 알 수 있을 겁니다.

"괜찮은 방법입니다. 당장 전화를 하겠습니다."

"그렇게 해 주십시오."

"잠시만요."

바인더북

조재춘이 휴대폰을 드는 것을 본 담용이 자신의 휴대폰을 열어 전화를 걸었다.

-담용 씨!

언제 들어도 달콤한 정인의 음성이 들려왔다.

"하핫, 아침 든든히 먹고 나왔어요?"

-그럼요. 근데 요즘 살이 찌는 것 같아서 신경이 쓰여요.

"하하핫, 괜찮아요. 뚱뚱보가 돼도 제 마음은 변치 않을 테니까요."

-아이, 그런 말은 싫어요.

"그럼 피트니스 센터에라도 가시지 그래요?"

-안 그래도 결혼식 전까지 좀 **빼**야겠다 싶어서 그럴 생각이에요. 그런데 무슨 일 있어요?

"보고 싶어서요."

-호호홋, 듣기 좋은 말이지만, 꼭 그런 것 같지만은 않게 들리네요. 말해 봐요, 무슨 일인지?

"쩝, 정말인데……."

-호홋, 알았어요. 접수할 테니 말해 보세요.

"도원이가 말하겠지만, 할아버지 할머니를 모시고 내장산으로 단풍 구경을 가기로 했어요."

-와아! 그거 좋은 생각이에요. 안 그래도 단풍이 절정이라 마음이 싱숭생숭했거든요, 호호홋.

"그래서 말인데 이 기회에 정인 씨 부모님도 같이 모셨으면 해서요."

―어머! 어머머! 정말요?

"예, 그러니 이번 주말 1박 2일로 다녀올 생각이니 준비하시라고 하세요."

―아이, 좋아라. 담용 씨도 갈 거죠?

"하핫, 저는 일이 많아서 못 가요."

―…….

"정인 씨, 미안해요."

―할 수…… 없죠 뭐.

"우리는 곧 신혼여행을 갈 테니 그때 좋은 시간 보내도록 해요."

―네, 그땐 꼭 재밌게 보내야 해요. 이건 이번에 같이 못 하는 벌칙이에요.

"하하핫, 알았어요.

―아, 역삼동 집에 밑반찬 좀 가져다 놨으니, 끼니 거르지 말고 먹어요.

"에구, 힘들게 뭐 하러……."

―이만 끊을게요.

'후후훗.'

밑반찬을 갖다 놨다는 말에 기분이 좋았던지 담용이 웃으며 전화를 끊었다.

이를 본 조재춘이 지금이 여러모로 좋은 기회다 싶었는지 바로 입을 열었다.

"정 팀장에게 지시를 내렸습니다."

"아, 예."

"그리고 저……."

"할 말이 있으면 하십시오."

"그게…… 범조련이란 이적 단체가 있습니다. 들어 보셨습니까?"

"아니요. 전 그런 단체와는 인연이 없어 처음 듣습니다. 뭐 하는 뎁니까?"

"이적 단체 중 하나로, 국보법 폐지를 주장하는 곳이지요. 거기에 간첩 활동과 북한과의 회합 통신 그리고 물품 지원, 찬양 고무 등을 주요 활동으로 하는 단쳅니다."

"하! 그런 단체가 공공연히 활동하도록 가만히 놔두고 있었습니까?"

"웬걸요. 사무처장인 민완식을 국가보안법 위반으로 잡아다가 감옥에 처넣었지요."

"그런데요?"

"실은 민완식을 다가오는 성탄절 특사로 석방하기로 잠정적 결정이 나서 말입니다."

"헐, 누가 그런 결정을 했단 말입니까?"

"그게 중요한 게 아닙니다."

"예?"

"놈이 석방되면 일본 조총련과 연계해 북한의 지령을 받음은 물론 활동 자금까지 받아 국가 기밀을 탐지 및 수집해 전달할 겁니다. 지금도 그런 죄목으로 감방에 있는 거고요."

"그건 특사로 사면될 성질이 아닌 것 같은데요?"

"남북정상회담 이후라 윗분의 생각은 다른 것 같습니다. 하지만 우리 회사의 입장은 그런 작자가 석방되면 정말 골치 아파지거든요."

"아!"

담용은 무슨 말인지 대충 감이 잡혔다.

이를테면 이렇다.

남북정상회담 때 코드 원이 북한 김정일에게 언질을 받고 어쩔 수 없이 그런 결정을 내렸다는 의미다.

코드 원이 빨갱이가 아닌 바에야 자발적으로 그런 결정을 내렸을 수는 없을 테니 대승적 차원이라고 봐야 한다.

하지만 국정원의 입장에서 보면 민완식은 눈엣가시이고 제거 대상일 뿐이다.

요는 코드 원이나 북한이 눈치를 채지 못할 정도로 은밀히 행해야 한다는 점이다.

결론은 그 집행자로 담용이 나서 달라는 것.

그것도 코드 원조차 영문을 알 수 없을 정도로 쥐도 새도 모르게 흔적도 없이 해결해 달라는 것이다.

"그렇다고 국내에서 제거되면 의심을 받을 텐데요?"

"민완식은 석방된 후 기회가 오면 일본으로 가게 되어 있습니다. 이유는 조총련의 대남공작원인 박숭원을 만나기 위해서지요."

"박숭원이란 자는 뭐 하는 잡니까?"

"범조련 공동사무국 상근 부총장이자 조총련 정치국 부장입니다."

"제법 거물이군요."

"대남공작원 간부로 실질적인 행동책이라 할 수 있는 자지요."

"저더러 그 일을 맡아 달라는 겁니까?"

"……예."

'흠, 어차피 일본으로 가야 할 일이 있긴 하지.'

당연히 독도를 일본 영토의 일부라고 서슴지 않고 주장하는 사베 츠요시와 가토 료조를 제거하기 위해서다.

필요하다면 더 많은 희생도 마다하지 않을 작정을 한 담용이다.

'이건 내색하지 않는 게 좋아.'

국정원 내에서도 친일파가 없으란 법은 없으니, 조심해서 나쁠 것은 없다.

오롯이 담용 혼자만의 결정이었고 또 조용히 처리할 일이었다.

"성탄 특사라면 시간은 있는 셈이군요."

"예. 뭐, 일본에 언제 갈지는 알 수 없고요."

"어차피 감시 대상일 테니, 그때 알려 주십시오."

"알겠습니다."

담용의 허락이 떨어지자 조재춘의 어색하게 굳었던 표정이 조금 풀렸다.

"그리고 최 차장님께서 부탁한 게 있습니다."

"최 차장님요?"

"예, 돈벌이를 좀 하시라고……."

"에? 도, 돈벌이라니요?"

"이번에 정공진 게이트 사건 아시지요?"

"예, 요즘 그 때문에 정계가 좀 시끄럽더군요."

바인더북에 기록되어 있어 이미 아는 얘기였지만 모른 척했다.

"근래에 드문 초대형 금융 비리라 할 수 있지요."

"역시 정치권이 개입된 거겠지요?"

"거기에 대해서는 노코멘트하겠습니다. 어차피 알아봐야 득될 게 없을 같아 그러는 겁니다."

"뭐, 상관없습니다. 정확한 금액은 얼맙니까?"

"1조 2천억 원 정도 됩니다."

"예에? 일, 일조가 넘는단 말입니까?"

"확실합니다."

'헐.'

담용은 바인더북에 기재됐던 금액보다 네 배나 더 많다는 말에 내심 크게 놀랐다.

바인더북에는 동성금고 2,239억 원, H은행 566억 원, K 은행 1,060억 원으로 기록되어 있었다.

전부 합해 봐야 4천억 원도 안 된다.

'푸헐, 도대체 얼마나 줄여서 발표한 거야?'

정치권이 복마전이라더니, 그게 그토록 적절한 말임을 실감하는 순간이었다.

어쨌든 불감청고소원이다.

사실 코리코프에 5천억 원을 출자한다곤 하지만 전국을 아우르려면 턱도 없는 금액이었으니 은닉된 야쿠자 자금을 반드시 찾아 보태야 했다.

"아마 전액을 건지기는 어려울 겁니다. 뒤로 새고 옆으로 새서 사라진 돈이 제법 될 테니 말입니다."

'당연히 그럴 테지.'

뭐, 반만 건져도 황홀해할 참이다.

"키는 정공진이 가지고 있습니까?"

"글쎄요. 저흰 수사권이 없어서……."

수사권이 없는 건 맞다. 하지만 그 이상으로 막강한 권한으로 종횡하는 부서가 역시 국정원이다.

조재춘은 지금 원론적인 말로 엄살을 떨고 있는 것이다.

"하지만 적어도 누가 몸통인지는 알고 있을 겁니다."

"후훗, 그거면 충분합니다. 그 일…… 제가 맡겠습니다."

미루고 재고 할 것도 없는 일이니 냉큼 받아먹었다.

"대신 취합한 정보는 전부 제공해 주셔야 합니다."

"물론이지요. 차장님께도 그렇게 전해 드리겠습니다."

"제가 감사해하더라고도 전해 주시고요."

"하면 다 잊었다고 말씀드려도 되겠습니까?"

"뭐, 담부터는 좀 더 편한 방문이 됐으면 하더란 말도 덧붙여 주시면 좋고요."

"하하핫, 그야……."

결코 쉽지 않은 벽을 깨트린 때문인지 조재춘이 담용과 동승한 이후, 처음으로 웃음을 터뜨렸다.

서민들의 눈물을 닦아 주고 싶다

프레스센터 인근의 코리코프 상호신용금고.

바로 담용이 조채춘과 방문한 곳이었다.

담용과 조재춘이 들어서자, 먼저 와서 담당자와 함께 이야기 중이던 유장수가 반갑게 맞이했다.

"어서 오게."

"늦지 않았습니까?"

"제 시간에 왔네. 잠시 얘기하세. 이쪽으로."

유장수가 두 사람을 데리고 간 곳은 반투명 유리로 된 상담실이었다.

조재춘을 일별한 유장수가 담용에게 물었다.

"같이 온 분은……?"

"아, 자금을 투자하시는 분의 대리인이십니다. 이제부터 서로 무관한 사이가 아니니 인사를 나누시지요."

"조재춘입니다."

"아, 예. 육담용 씨와 같이 일하고 있는 유장수라고 합니다."

조재춘과 유장수가 악수를 나누고 앉자, 담용이 물었다.

"좀 알아보셨습니까?"

"지난 사흘 동안 알 만한 건 대충 파악했네. 더 자세한 건 투자를 받은 다음에 밝히겠다고 해서 그러라고 했네."

"당연한 겁니다."

자금표를 내밀고 투자를 하겠다고는 했지만 양해각서도 없는 상황에서 회사의 비밀을 미주알고주알 죄다 까발릴 회사는 없을 것이다.

힐끗 조재춘을 본 유장수가 담용에게 시선을 고정시키고는 말을 이어 갔다.

조재춘이 대리인 자격으로 참석했다지만 어디까지나 담용이 주관해서 진행하는 일이라는 것을 알기 때문이었다.

"조 선생과 자네도 대충 알아 둬야 할 것 같아 간단히 말하겠네. 코리코프란 회사의 신용 정도는 알아 둬야 할 테니 말일세. 우리가 투자할 회사는 애초에 출발하기를 단자회사로 시작했다네."

"단자회사요? 그게 뭐죠?"

단연코 들어 본 적이 없는 용어라 담용이 고개를 갸웃했다.

"아, 단기금융법에 의해 설립된 회사라네. 설립 목적은 사금융을 제도권 안의 금융, 즉 제도 금융으로 유치하려는 데 있었지. 주 업무는 당연히 단기자금을 운용해 수익을 얻는 것이고."

"결국 사채업자라는 얘기잖습니까?"

국내에서 돈이 돌고 돈다면 고리대금밖에 더 되냐는 식의 물음이었지만 유장수가 고개를 젓고는 말했다.

"자금의 출처가 외국자본이라면 얘기가 다르지. 다시 말하면 외화 중 싼 금리로 들여온 돈을 가지고 국내에서 고금리로 대출해 주어 그 차익으로 이윤을 챙기는 방식이지."

"아, 아."

그렇다면 말이 된다.

그리고 단기금융이란 말에서 담용은 그것이 IMF를 촉발시키는 원인 중 하나였음을 알았다.

다만 단자회사라는 말을 처음 들었기에 의아해했던 터였다.

대학교에서 경제통상이나 경영학부에 발만 들여놓았더라도 알 수 있는 용어였지만, 체계적인 공부를 하지 못한 담용으로서는 생소했던 것이다.

"초기에는 초호황을 이루었지. 자금을 싼 금리로 들여와 높은 금리로 대출을 해 줬으니 당연한 결과네. 더욱이 정부에서 이렇다 할 규제도 딱히 없었던 터라 너도 나도 단자회사에 뛰어들었네. 코리코프도 그중 한 회사고."

"지금은요?"

"허헛, 죄다 망해 버려서 흔적을 찾아볼 수가 없다고 할까?"

"이유는요?"

대충 알고 있었지만 조재춘을 위해 질문한 것이다.

"망한 이유야 빤하지. 단자회사마다 수익의 극대화를 위해 국내 대출 기간을 장기로 정했다는 것이 결정적이었네."

대출 기간을 늘릴 대로 늘려 이자 수익을 꼬박꼬박 챙기려다가 망했다는 뜻.

"잘나가다가 장기 대출에서 그만 문제가 생겼지. 이유는 외국자본이 빌려준 돈의 만기일에서 더 이상 연장해 주지 않았다는 것이네."

"아, 장기로 빌려주다 보니 환금이 되지 않아 갚을 수가 없었군요."

"그렇지."

'헐, 이런 닭대가리들이 있나? 적어도 만기일을 계산해 꾸어 온 외자를 갚을 걸 감안하고 사업을 벌였어야지.'

이렇듯 단자회사 대부분이 국내의 금리가 외자보다 비싼 것을 이용해 그 차익으로 수익을 올리려는 데만 혈안이 되어 단기로 돌아오는 외자에 대해서는 중요하게 여기지 않았던 것이다.

여기에는 외국의 투자회사들의 노림수가 있었을 것이라 추측하지만 사실관계를 확인할 길은 없었다.

어쨌든 말인즉 장기대출이다 보니 환금이 이루어지지 않아 다가온 만기일에 외자를 갚을 수 없게 됐다는 것은 주지의 사실.

"설상가상으로 환율까지 폭등했으니 손실의 규모가 태산같이 불어나게 됐지. 이로 인해 외채가 쌓이게 되었고, 그 부채는 고스란히 국가가 떠안게 됐다네."

그 말은 곧 국민들이 떠안게 됐다는 의미였다.

"결국 단자회사들이 IMF의 위기를 초래하는 데 일조한 셈이 됐지."

"그들 회사가 모두 코리코프처럼 상호신용금고로 변신한 겁니까?"

"천만에. 대부분은 국민들에게 빚만 남겨 놓고 종적을 감춘 상태일세."

'헐.'

"여기 코리코프도 같은 운명이었지만 모ᵈᵘ회사인 서평특수산업에서 자금을 차입해 외자를 갚았다네."

"어? 떳떳하군요."

부채를 국가에 떠넘기지 않았다는 말로 들렸다.

"그런 셈이긴 한데…… 그 속내까지 알 수는 없는 일이지."

"시중에 대출된 자금은 어떻게 되는 겁니까?"

"아, 문제가 된 것이, 바로 대출금 수익 대부분이 서평특수산업으로 들어가기 때문일세."

"아, 그 조건으로 부채를 갚아 준 거군요."

"어차피 모회사든 자회사든 독립채산제니 언제까지 차입금으로 남겨 둘 수는 없지."

부모형제라도 돈을 빌렸으면 변제해야 한다는 얘기.

"서평특수산업만 돈을 번 셈이 되는군요."

벌어도 너무 많이 번 셈이 됐다.

"그러다 보니 회사 사정이 형편없이 쪼그라들었네."

"납입자본금은 62억 9천만 원 그대롭니까?"

"그러네."

"사장은 모회사와 어떤 관계입니까?"

"사남일녀 중 막내로, 이름은 송일성이고 나이는 서른여덟 살이네."

젊다고 할 수 있는 나이에 의욕이 충만할 시기다.

"부자 사이인데도 얄짤 없군요."

"자식 모두에게 공평하다면 그럴 수도 있네, 일종의 경영 수업이랄까, 그런 식인 거지."

"우리가 투자하는 것에 대해서는 적극적인 편입니까?"

"당연히 크게 반기는 편이네."

"잘됐네요."

"다만 경영권 침해에 대해 우려하고 있다네."

사실 말이야 바른 말이지 고작 60여억 원의 자본금 회사에 5천억 원이란 거액을 투자한다는 것은 좀처럼 드문 일이었으니 그럴 수밖에.

"거기에 대해서는 입장을 확실하게 밝히지 그랬습니까?"

"당연히 했지. 그래도 긴가민가해하니 그러지. 그러면서도 코리코프 입장을 솔직하게 털어놓더군."

"뭐랍니까?"

"코리코프 측에서도 금융 밥을 먹은 지 제법 오래라 현 정국이 돌아가는 판세를 모르지 않네."

금융가의 정보에 무디지 않다는 뜻.

"정부가 머지않아서 단자회사 형식이 아닌 일정 자격을 갖춘 사금융, 즉 사채업자들을 무더기로 제도권 안에 편입시키리라는 것을 잘 알고 있더군."

"향후 경쟁이 치열해질 것도 알겠군요."

"그래서 그동안 고객들이나 자본가들을 통해 자산 유입에 공을 들여왔다더군."

"변화가 좀 있었습니까?"

"뭐, 큰 변화는 없었지만 자산이 꾸준히 늘고 있는 중이라고 하더군. 하지만 당장 코앞에 닥친 경쟁사들과 경쟁하기에는 무리가 있다고도 했네."

큰 자본가의 투자 유치가 필요하다는 뜻으로 들렸다.

"그리고 사채업자들 대부분이 일본 자금을 바탕으로 한다는 것까지도 알고 있더군. 이 바닥이 의외로 좁아서 정보가 그대로 드러난다고도 했네."

"우리가 투자한다면 금세 소문이 나겠군요."

"그렇다고 봐야지. 사실 마음 같아서는 모회사의 협조를 얻어 초장부터 공격적으로 영업을 시작하고 싶은데, 그게 쉽지 않다고 하더군."

자금이 태부족이라 마음만 있었지 별 뾰족한 수가 없는 상황.

'흠, 좋게 말하면 우리가 구원의 손길을 뻗쳐 왔다는 얘긴데……'

그런데 작게 시작해도 좋으니 경영권을 사수하는 쪽이란 얘기다.

"감사직은 얘기가 됐습니까?"

"충분히 요구할 수 있는 직책이라 쾌히 응하더군. 그리고 투자를 한다는 전제하에 문서는 이미 작성되어 있다네."

끄덕끄덕.

"일단 경영진을 만나 보도록 하지요."

"그러자고. 다만 설득을 잘해야 할 것이네."

"거듭 말하지만 금융에 대해 잘 아는 사람은 유 선생님입니다. 저나 조 선생은 투자자일 뿐이고요. 그러니 주도적으로 나가십시오."

"알겠네."

"얘기하는 도중에 제가 나설 수도 있을 겁니다. 아니, 의지를 보여 주는 부분이라면 제가 주도할 수도 있고요."

"그야 당연하지."

세 사람이 상담실을 나가자, 대기하고 있던 정장의 사내가 말없이 안쪽 사무실로 안내했다.

"어서 오십시오."

기다리고 있었다는 듯, 서른 후반쯤의 감색 정장 차림의 사내와 임원으로 보이는 두 사내가 자리에서 일어나 일행을 맞았다.

"기다리고 있었습니다. 코리코프의 대표로 있는 송일성입니다."

송일성이 명함을 건네는 것을 시작으로 임원들의 소개가 있었고, 유장수도 담용과 조재춘을 소개하자, 서로 명함을 주고받았다.

"차는 뭘로 드시겠습니까?"

"커피면 족합니다."

"저도 커피."

"임 이사, 좀 부탁하지."

"예."

송일성의 부탁에 회색 스트라이프 정장의 사내가 밖으로 나갔다가 금세 들어왔다.

그 틈을 타 유장수가 담용에게 탁자에 올려 둔 서류를 내밀며 내용을 읽어 보라는 신호를 보냈다.

담용이 서류에 시선을 두는 것을 본 송일성이 말했다.

"명함에 YTY홀딩스 코리아 지부라고 되어 있군요."

조재춘이 말을 받았다.

"예. 지부 사무실은 송파구에 있습니다."

"뭐, 사무실이 어디 있다는 게 중요한 건 아니지만 회사 명칭이 처음 들어 보는 곳이라서요."

"그럴 겁니다. 많고 많은 외국계 회사 중 하나니까요. 하지만 자본력만큼은 탄탄한 회사입니다."

"……예."

조재춘이 더 이상 말을 하지 않자, 미진함이 남아 있는 표정을 지은 송일성이 물었다.

"저희 회사에 5천억 원을 투자하신다고 했는데, 그쪽 회사에서는 완전히 재가가 난 상태입니까?"

"그렇습니다. 코리코프에 관한 일은 여기…… 유장수 씨가 전적으로 맡아서 할 것입니다. 그래서 감사직을 요구했고요."

"정말 경영에는 관여하지 않는다고요?"

"우리는 단순한 투자자입니다. 주식의 지분도 요구하지

않을 겁니다."

"흠, 정말 그렇다면 저희 회사로서는 행운을 안았다고 해도 과언이 아닙니다. 유치하게 들릴지는 모르지만 사실 지금도 도무지 믿기지가 않습니다."

"하하핫, 저희도 이윤을 추구하는 회삽니다. 수익이 없는 곳에 투자하는 일은 결코 없습니다."

"그야 그렇지만……."

멋쩍어하는 송일성을 보면 돈놀이를 하는 사람치고는 어울리지 않게 순진해 보였다.

기실 송일성으로서는 조재춘이 자신의 이름을 밝혔을 때, 이미 국정원 요원이라는 것을 알았다.

처음 전화가 왔을 때, 목소리만 듣고는 의심이 들어 확인 전화까지 했었다.

고로 비록 오늘 처음 대하는 얼굴이었지만 의심할 여지는 없는 상황이었다.

기실 국정원이라고 밝혔을 때, 혹시라도 단자회사로 인해 뭔가 잘못이 있었나 하고 간담이 조금 졸아들기는 했었다.

국정원이 어디던가?

과거 군정 시절에 비하면 그 권력이 많이 하락했다고는 하지만 그건 겉면만 보고 하는 소리다.

아직까지 국정원을 상대로 이러쿵저러쿵 방아를 찧어 댈 개인이나 단체는 그리 많지 않다고 보면 맞다.

그만큼 군정 시절 중앙정보부의 무소불위 같은 막강 파워의 인식이 큰 탓에 불가근의 영역인 것이다.

그렇기에 국정원 같은 막강한 투자자를 등에 업었다는 건 그만큼 유리하게 사업을 할 수 있다는 말과 다름없다.

경영권을 넘기는 일만 없다면 이런 호기를 놓칠 바보는 아무도 없을 것이다.

사전에 언질을 받았던 말도 간단하기 짝이 없었다.

　

－투자를 무조건 받아들이되 수익에 반하지 않는 한 웬만한 조건은 모두 들어주라.

　

이 내용이 전부였기에 여느 투자자들처럼 복잡할 것도 없었다.

게다가 거액의 투자 자금을 무시했다고 해도 좋을 만치 수익이 보장되기까지 했으니, 어떻게 보면 땅 짚고 헤엄치기다.

다만 한 가지 유의할 점은 투자 자금에 관해서는 이번 프로젝트가 끝날 때까지 국정원이 개입됐다는 사실을 대표인 자신만 알고 있어야 한다는 점이었다.

입이 절로 쩍 벌어지는 일인데, 그런 비밀이라면 무덤까지 가져갈 수 있었다.

똑똑똑.

"들어와요."

노크에 이어 들어선 사람은 깔끔한 유니폼 차림을 한 여직원이었다.

쟁반에 받쳐 든 커피를 조용히 내려놓은 여직원이 나가자, 유장수가 말했다.

"사전에 이미 전부 밝혔던 얘기들이고 또 문서도 작성했으니, 일을 빨리 진척시키도록 하지요."

"저희야 좋습니다만……."

"그렇다면……."

유장수가 담용을 쳐다보았다.

할 말이 있으면 하라는 눈빛이었다.

"아, 서류 내용에 대해서는 만족합니다. 다만 몇 가지 첨부할 것이 있는데, 그것은 자금을 이체시켜 놓고 말씀드리지요."

담용의 시선이 조재춘에게로 향했다.

"지금 이체시키도록 하지요. 유 선생님, 그거 좀……."

"아, 여기 있습니다."

유장수가 계좌 번호가 적혀 있는 쪽지를 건네주었다.

"잠시 실례하겠습니다."

살짝 묵례를 한 조재춘이 휴대폰을 들고는 밖으로 나갔다.

실내에 잠깐의 침묵이 감돌면서 담용이 커피를 두 모금 정도 마셨을 때, 조재춘이 들어왔다.

"송 대표님, 확인해 보시지요."

"아, 예. 임 이사, 수고 좀 해 주게."

사전에 입을 맞췄었던지 임 이사가 투자자가 있는 자리에서 전화를 걸고는 스피커를 켰다.

신호가 가고 곧 스피커를 통해 저음의 바리톤 음성이 들려왔다.

─예, 한빛은행 소공동지점 한기운 지점장입니다.

"한 지점장님, 코리코프의 임성원입니다."

─아, 예. 임 이사님, 그러지 않아도 전화를 드리려던 참이었습니다.

지점장의 음성은 살짝 흥분되어 있었다.

"입금됐습니까?"

─예, 방금 5천억 원이 당 지점에 입금된 것을 확인했습니다. 송금지는 파나마국립은행이며, 송금 회사는 YTY홀딩스입니다.

"수고하셨습니다."

─수고는요. 직원을 보내시면 처리해 드리겠습니다.

"그러죠. 다시 전화를 드리지요."

─예, 기다리겠습니다.

딸깍.

"들으셨다시피 입금되었답니다."

"하핫, 잘됐습니다."

지극히 만족했던지 입꼬리가 광대까지 치켜 올라간 송일성이 조재춘에게 말했다.

　"조 부서장님, 이제 투자 약정서에 서명하시지요."

　"그래야죠. 육 선생, 덧붙일 내용은 없소?"

　"조항은 대체로 만족합니다만 몇 가지 건의 사항이 있습니다."

　서류를 한 옆으로 치운 담용이 송일성을 직시하며 재차 입을 열었다.

　"송 대표님, 약정서에 기입된 내용처럼 저희는 당장의 큰 수익을 원하지 않습니다."

　"잘 알고 있습니다."

　"지금 시중은행 금리가 연 7퍼센트에서 8퍼센트로 형성되어 있는 걸로 알고 있습니다."

　"제1금융권이라면 그렇지요."

　"제2금융권 연금리가 어떻게 됩니까?"

　"아, 거긴 천차만별입니다. 보험회사와 증권회사마다 다르고 신용카드 회사나 우리 회사 같은 상호저축은행 혹은 새마을금고, 신용협동조합 그리고 리스 회사나 벤처캐피털 등이 일률적인 금리를 적용하지 않고 있어 딱 얼마라고 정해서 말씀드리기가 어렵습니다."

　"그건 저도 압니다. 대충 얼만지만 말해 주시지요."

　"고객의 신용도에 따라 차등이 있습니다만…… 대략 15퍼센트에서 22퍼센트 사이에서 형성되어 있습니다."

"그렇다면 이렇게 하지요."

"……?"

"우리는 코리코프는 물론 고객과의 관계를 길게 가기를 원합니다. 그런 취지이기에 연리가 비싸서는 곤란합니다. 해서 코리코프가 보유하고 있는 자금과 우리가 투자한 자금을 합쳐서 연리를 낮추는 게 어떻겠습니까?"

"여, 연리를 낮춘다고요?"

송일성은 되물으면서도 순간, '원하는 대로 해 주라.'라는 말이 뇌리에서 맴맴 돌면서 '올 것이 왔구나.'라고 생각했다.

"예, 물론 고작 5천억 원을 투자하고 이런 요구를 하는 게 아닙니다."

"예? 하, 하면 투자를 더 하시겠단 말입니까?"

기대에 찬 송일성의 말이 끝났을 때, 조재춘이 나섰다.

"일주일 내에 추가 금액으로 5천억 원을 더 출자할 수 있습니다."

담용이 벌어 온 국정원 비자금 중 담용의 몫 5천억 원을 제외한 7천억 원 중 일부가 마침내 그 베일을 벗었다.

"헉! 오, 오천억 원을 더……."

얼마나 놀랐던지 송일성이 더듬거리며 말을 맺지 못하고 눈만 동그랗게 뜨고는 마구 굴려 댔다.

"더 투자하겠단 말씀입니까?"

"그렇소. 물론 육 선생의 조건을 받아들인다는 전제하에 서입니다."

"하!"

일주일 내에 5천억 원이 더 유입된다면 대한민국에서 다섯째 안에 드는 대형 저축은행이 될 수 있는 일이었다.

송일성의 시선이 여태껏 말 한마디 없이 지켜만 보고 있던 옆의 대머리의 나이 지긋한 중년인에게로 향했다.

"나 고문님, 어찌 생각하십니까?"

"크흠, 금융업이라면 자금은 많을수록 좋겠지요. 다만 경영자는 투자자의 저의가 어디에 뜻을 두고 있는지 아는 것이 중요해요. 그러니 말씀을 좀 더 들어 보는 것이 좋겠소이다."

"아, 예. 육 선생님, 죄송합니다만 진의가 뭔지 자세하게 말씀해 주시겠습니까?"

"그러죠. 참고로 제 제안이 받아들여진다면, 올해 안에 추가로 최하 5천억 원 이상이 더 투자될 것임을 약속드리지요."

담용이 말한 투자는 대전산단에 은닉되어 있는 야쿠자들의 자금을 탈취해 와야 가능한 것이었지만, 마치 손안에 쥐고 있는 것인 양 과감히 베팅해 버렸다.

"……!"

담용의 말은 창졸간에 터져 버린 폭탄이었다.

조재춘을 제외하고 유장수를 비롯한 사람들이 한결같이 눈을 휩뜨며 경악한 표정들을 자아냈다.

'허얼, 이걸 믿어야 하나 말아야 하나?'

특히나 담용과 조재춘이 번갈아 가면서 폭탄선언을 해 대는 통에 송일성의 감정이 갑자기 복잡해졌다.

방금 5천억 원이 입금된 것이 확인됐으니 허풍이라고 보기도 어려웠다.

하지만 추가로 1조원을 더 투자한다니, 그게 어디 적은 금액이어야 말이지.

천억 원, 2천억 원도 아니고 입만 열면 5천억 원이다.

그것도 단시일이라 할 수 있는 올해 안에 자금을 투입한단다.

솔직히 말해서 믿기지가 않았다.

'우선 좀 더 들어 봐야겠군.'

송일성의 심정을 아랑곳하지 않는지 담용의 말은 계속 이어졌다.

"그냥 던지는 공수표가 아닙니다."

"아, 아…… 예. 이거 너무 놀라서…….."

송일성은 정신이 다 혼몽할 지경이었지만 침착하려 애쓰며 입을 열었다.

"말씀하십시오. 끝까지 들어 보겠습니다."

"고맙습니다."

고개를 숙여 사의를 표한 담용의 표정이 진지해졌다.

"송 대표님 그리고 두 분 임원께 진정으로 드리는 말씀인데요. 저는 작금의 IMF라는 시기를 맞아 어려움에 처해 있는 국민들의 눈물을 닦아 주기 위해 코리코프를 선택해 투자를 결정하고 방문한 것입니다."

"……!"

뜬금없이 내뱉는 소리가 뭐가 이리도 장엄한가?

상대가 무슨 생각을 하든 담용의 말은 이어졌다.

"한두 푼도 아니고 무려 1조 5천억 원이란 자금을 맡겨 운용해 줄 업체를 찾아 적지 않은 시간을 보냈고, 또 우리 나름대로 어렵게 업체를 선정했지요. 절대로 쉬운 결정은 아니었습니다."

"……."

"이미 정보를 취합하고 계시겠지만 지금 정부에서는 금융법을 재정비해 제3금융권이라고 불리는 사금융을 제도권 안으로 유입하려 하고 있습니다. 실행하는 이유야 여러 가지를 노리는 것이겠지만, 늦어도 내년 초에는 시행이 될 것이 확실합니다. 발표 시기만 남기고 있으니 말입니다."

"……?"

"그런데 취지가 아무리 좋다고 해도 마魔가 끼게 마련이라는 겁니다."

"좋지 않은 일이라면……?"

"바로 사금융에 일본 자금이 대거 진출한다는 것이죠. 물론 지금도 일본 야쿠자 자금 등이 몰래 차입되어 기존의 사채업자들과 동업하는 형식으로 영업을 하고 있는 상황인 것도 잘 압니다. 하지만 자금을 함부로 들여올 수 없어 찔끔찔끔 가져온 돈을 가지고 소규모로 운영하고 있는 실정이지요. 그러나 사금융이 본격적으로 제도권 안으로 진입해 시행케 되면, 통로가 개방된 일본 자금이 무차별로 한국으로 들어오게 될 것입니다. 지금 일본 금리가 제로금리인 것은 아시지요?"

끄덕끄덕.

"그자들이 20퍼센트 이상의 금리 시장인 한국을 노리는 거야 불문가지입니다. 갈퀴로 쓸어 담을 시장을 보고만 있을 놈들이 아니라는 겁니다. 저라도 그럴 테니까요. 이게 대한민국의 입장에서 보면 무엇을 뜻하는지 굳이 설명하지 않아도 짐작이 갈 것입니다."

송일성으로서도 당연히 예상이 되는 것들이 있긴 했다.

가장 큰 이유는 제1금융권의 문턱이 높다 보니 서민들 대부분이 제2금융권의 돈을 쓸 수밖에 없다는 것.

고로 자본력이 많은 금융회사일수록 수익도 그만큼 증대된다.

그 때문에 경쟁력을 갖기 위해 차입금을 늘리려 애써 왔던 것이다.

사실 상호저축은행이 거부들의 개인 금고라고 말들을 하지만 그것은 맞지 않다.

다만 목돈을 일정 이상 예치할 수 있는 사람들로서 서민들보다는 부자라는 점, 그 이상도 그 이하도 아닌 것이다.

'이거 판이 커지는걸.'

또다시 흥분이 되기 시작하는 송일성이다.

그 이유는 그렇지 않아도 차입금을 포함한 고작 몇백억 원으로 시장에 진출하는 것이 마음에 차지 않았던 송일성이다 보니 담용의 말에 '케파'가 열 배 이상 커질 것이란 예감이 왔다.

하지만 상대의 의도를 정확히 알아야 할 필요가 있었다.

덥석 물기에는 왠지 꺼림칙한 기분도 들었다.

"으음, 말씀하시고자 하는 취지가 무엇이며, 정확히 우리에게 뭘 바라는 것입니까?"

"금리를 대폭 낮춰서 상품을 팔자는 것이지요."

"하, 하면 어느 정도나……?"

"10퍼센트 내외입니다."

"에? 시, 십 프로 내외라고요?"

"상황에 따라 더 낮아질 수도 있습니다. 한마디로 박리다매를 하자는 거지요."

"그, 그게 가능하겠습니까?"

"충분히 가능하며 경쟁력 또한 갖게 될 것입니다."

"하, 하지만 YTY홀딩스의 수익에 차질이……."

"우리 회사는 정확히 1.8퍼센트의 이익만 주시면 됩니다."

"예에? 1.8퍼센트요?"

"헉! 일, 일점 팔 프로라니?"

"이, 이보게, 육 팀장 아니 육 선생! 약정서에는……."

차분히 가라앉은 담용의 말에 송일성은 물론 임원들, 심지어 유장수까지 기겁하는 표정들이었다.

"그마저도 포기할 수 있습니다."

"저, 정말입니까?"

"예."

"하, 하지만…… 약정서에는……."

"그까짓 종이쪼가리를 믿을 필요는 없습니다. 자금이 있고 상호 간의 신뢰만 있으면 되는 것 아닙니까?"

약정서 내용이야 얼마든지 수정하면 되는 일이니, 더 이상 뭔 말이 필요하냐는 얘기다.

"그, 그야……."

말로서야 더없이 좋은 조건이다.

그러나 여느 투자자들과는 사뭇 다른 조건에 때늦게 의심이 버럭 들었다.

하지만 임성원의 생각은 그와 다른 듯 뭔가를 끄적이며 열심히 계산을 해 대더니 소리쳤다.

"사장님, 육 선생님 말대로라면 손익분기점이 최하 9.8퍼센트입니다."

그 새 계산기를 두드렸는지 임 이사가 발갛게 상기된 얼굴로 A4 용지를 들이댔다.

"응? 뭐라고?"

"우리 회사의 경우 대출의 약점과 기회비용을 전부 감안한 수익 마지노 금리가 7.6퍼센트입니다. 현재 운영비를 포함한다고 해도 8퍼센트를 넘지 않습니다. YTY홀딩스에 1.8퍼센트를 분배해 준다고 할 때, 9.8퍼센트면 회사를 유지할 수 있습니다."

이제는 임 이사가 눈에 핏발까지 세우며 더 흥분하고 있었다.

"그렇다면……."

임 이사의 설명에 송일성의 눈이 번쩍 뜨였다.

그럴 것이 무려 1조 5천억 원이 차입되어 연 금리 1.8퍼센트로 주면 나머지는 전부 수익이란 얘기였기 때문이다.

"1조 5천억 원으로 운용하게 된다면, 단 1퍼센트의 금리만 더 받아도 수익률이 엄청납니다."

"흠, 그렇긴 한데……."

지금은 고작 천억 원도 채 안 되는 자금을 가지고 운용하고 있는 실정이다.

1천억 원조차도 대부분 차입금이거나 투자를 받은 금액이었다.

처지가 그렇다 보니 마치 딴 나라의 얘기를 듣고 있는 기분이 들었다.

"사장님, 이렇게 금리가 낮아진다면 고객들이 많이 찾을 겁니다. 더불어 곧 발을 들여놓을 후발 주자들의 기를 콱 꺾어 놓을 수 있습니다. 송 대표님이 후발 주자라면 경쟁이 되겠습니까?"

강한 어조로 물었던 담용이 곧바로 말을 이었다.

"거기에 시장을 선점해 놓는다면, 우리 회사가 선두 주자로 우뚝 설 것은 물론이거니와 금리 경쟁을 유발시킴으로써 서민들이 저리로 돈을 쓸 수 있는 토대가 될 것입니다."

'충분히 일리 있는 말이다.'

고금리로 1백 명을 유치하는 것보다 저금리로 1만 명을 유치하는 것이 훨씬 이익이다.

나아가 자금 회수율도 그만큼 높아지니 안팎으로 이익이란 소리다.

'후우, 이거 흥분되는걸.'

그러나 여기서 더 흥분해서는 곤란함을 인지한 송일성이 급히 입을 떼며 담용에게 물었다.

"육 선생님, 더 요구할 것이 있습니까?"

"요구라기보다 서로 원원할 안건이 또 있느냐고 물으셔야 맞습니다."

"아, 하하핫, 그렇군요."

"케파를 키우려면 자본금을 5백억 원으로 늘리는 방안을 강구해 주셨으면 합니다."

"자, 자본금을 늘리라고요?"

"예, 규모에 걸맞은 자본금이라야 무슨 일을 하든 손쉬울 겁니다. 일본, 아니 쪽발이들의 자금이 서민들을 울리기 전에 우리가 먼저 시장을 선점해 본때를 보여 주는 겁니다."

"하하핫, 제가 본래 충동적인 성격이 아닌데 육 선생님의 말은 듣기만 해도 절로 흥분되고 신명이 나는군요."

"하핫, 그렇다면 더 신명 나게 만들어 드려야겠군요."

"얼마든지요."

"또 한 가지 전략적인 차원에서 해야 할 일이 있는데요."

"뭡니까?"

호기심이 바짝 동하는 표정이 역력한 송일성이 담용 앞으로 허리까지 숙이고 바짝 다가들었다.

"제3금융권의 고리채에 발이 묶여 어려움을 겪고 있는 서민들에게 싼 이자로 대출을 갈아타게 하는 방안을 강구해야 합니다."

이른바 대환 대출이라는 것으로, 미래에나 있을 대출 방법이다.

"예? 대출을 갈아타게 하다니요? 무슨 말씀이신지……?"

"말 그대롭니다. 비싼 이자를 내는 대신 코리코프에서 싼 이자로 대환 대출을 해 주는 거지요."

이는 담용이 기억의 저편에서 한국자산관리공사, 즉 캠코에서 시행했던 바꿔드림론을 인용해 말한 것이다.

"아! 그러니까 20퍼센트 이상의 금리를 쓰고 있는 사람들에게 우리 회사의 돈으로 대신 갚아 주고 우리가 책정한 금리로 전환해 주는 방식이라는 거지요?"

"바로 그겁니다."

"호오, 그거 획기적인 방법인데요?"

말 그대로 지금으로선 그 누구도 생각지 못한 획기적인 발상이라 할 수 있었다.

그럴 것이 백 사람이면 백 사람 모두 싼 이자를 찾아 대환 대출로 모여들 것이 빤하지 않은가?

이는 수익은 물론이고 고객이 늘어난다는 뜻이기도 했으니 송일성으로서는 일석이조인 셈이었다.

자금이 없다면 모를까? '시드 머니'로서는 차고 넘친다.

"말이 쉽지 약간의 연구가 있어야 할 겁니다."

"당연하지요. 악용하려는 사람들을 걸러내는 것도 만만찮은 일일 테니까요."

"사장님, 업무야 늘어나겠지만 고객을 확보하는 면에서는 그만한 방안도 없을 것 같습니다."

"맞아, 내 생각도 같아."

고개를 주억거린 송일성의 말투에 힘이 실렸다.

"임 이사, 그 전에 우리 마인드부터 고쳐야 하겠어."

"그렇습니다. 서민들을 위한 은행이란 인식을 주려면, 직원들의 재교육은 반드시 필요합니다."

"직원도 더 고용해야 할 테고 말이지."

"그렇긴 합니다만 문제가 있습니다."

"아, 뭔 말인지 알겠네."

송일성이 정색한 표정을 짓더니 조재춘을 일별하고는 담용에게로 시선을 모았다.

이는 이쯤에서 송일성도 담용이 투자금의 핵심 인물임을 눈치챘기 때문이었다.

오만 가지 생각이 머릿속에서 부스럭거렸지만 기업의 오너는 어떤 경우에 처하든 핵심을 짚을 줄 알아야 무능하다는 소리를 듣지 않는다.

"육 선생님."

"말씀하시지요."

"고객들이 이런 사실을 알게 하기엔 저희 업계로서는 한계가 있어서요."

"알고 있습니다. 자본이 많은 시중은행들이 전국에 지점을 내는 것과 달리 상호저축은행은 자본과 인지도 면에서 보면 한계가 있다는 것을요."

"그 때문에 궤도에 오르려면 시간이 많이 걸릴 겁니다. 그런 점까지 감안한 것입니까?"

"아뇨. 방법이 있어서 제안한 겁니다."

"아, 어떤……?"

"전국에 지점을 낼 수 없다면 TV 광고와 신문광고를 통해 알리면 됩니다."

"아, TV 광고는 지금도 하고 있습니다만……."

"가끔 내비치는 것으로는 한참 부족합니다. 매일매일 실시간대로 편성해서 국민들의 뇌리에 세뇌될 정도로 광고 홍수를 만들어야 합니다."

"예에?"

"헐–!"

또다시 놀람에 찬 표정들을 자아내는 송일성과 임 이사 그리고 유장수다.

"신문이야 어떡하든 가능하다지만 TV 광고는 돈이 천문학적으로 들어갑니다. 아니, 그 전에 제2금융권에서는 그런 예가 없습니다."

돈이 궁하거나 급전이 필요한 사람이라면 알아서 찾아오기에 굳이 광고나 홍보를 할 필요가 없는 것이다.

"그걸 모르고서 말을 꺼냈겠습니까? 저는 여차하면 9시 뉴스를 통해 국민들에게 대대적으로 알려 모두가 알도록 할 생각까지 하고 있습니다."

불가능한 일은 아니다.

제2금융권 중 최저 금리라면!

그것도 압도적인 저금리로 서민들을 위한 대출이라는 것

에 특화시킨다면, 특종은 아니더라도 뉴스감으로 충분할 것이다.

정 어렵다면 국정원의 힘을 빌리면 된다.

공권력이 개입하는 것이 반칙이긴 하지만, 그 의도가 국민들의 눈물을 닦아 주는 일이라면 얘기가 다르지 않은가?

배경도 실력이라는 말이 그래서 나온 것이다.

"허!"

"취지가 얼마나 좋습니까? 제가 방송국 관계자라면 기자를 강제로 내쫓아서라도 코리코프를 취재하게 할 겁니다."

"뭐, 그, 그럴 수도 있겠지만…… 현실적으로 가능할지 의문입니다."

"비용은 걱정하지 마십시오. 제가 조금 전에 고객과 오래 가고 싶다고 했지요?"

"그, 그랬지요."

"궤도에 오를 때까지 우리 YTY홀딩스는 수익의 전부를 광고에 투입하도록 하겠습니다."

"헉! 그, 그게 정말입니까?"

"예."

"제 생각에는 굳이 그렇게 과할 필요가 있을지 의문입니다. 아시다시피 돈이 필요한 사람은 알아서 찾아오기 마련이거든요. 더구나 저금리라면 회사 앞에 줄을 설 정도일 텐데요?"

"후우, 이러는 데는 그만한 이유가 있습니다. 뭐, 다 아는 얘깁니다만 국내 은행들의 문턱은 날이 갈수록 높아만 가고 있지요. 이 말은 외환 위기가 낳은 저신용자와 신용불량자가 기댈 곳이 없다는 뜻입니다."

"그야…… 그들은 자업자득이 아니겠습니까?"

"천만에요. 관치 금융을 비롯한 여러 요인들로 인해 외환 위기가 닥쳤다면, 그건 정부의 책임이지 국민들의 책임은 아닙니다. 그런데 그 피해는 고스란히 국민들에게 전가됐지요. 즉, 생기지 않아도 될 저신용자나 신용불량자가 발생했다는 겁니다. 이들은 고작 백만 원도 대출받기 어렵습니다."

"그렇다고 그런 사람들에게까지 막 퍼 주다가는……."

송일성은 망하기 십상이라는 말까지는 하지 않았다.

"송 대표님, 이 점을 알아야 합니다. 그런 삭막한 대출 규제로 임하다간 머지않은 장래에 한국의 대부분의 부가 일본으로 넘어가는 제2의 경술국치를 야기할지도 모른다는 겁니다."

"하핫, 설마하니 그렇게까지 가겠습니까?"

"물론 비약일지도 모릅니다. 만약이란 전제하에 예를 하나 들어 보죠. 송 대표님이 저신용자이고 신용불량자라고 가정합시다. 거기에 전세보증금이 든 집이 한 채 있는 경우라고 치죠."

"……?"

"어떤 경우라도 한 집안의 가장으로서 처자식을 먹여 살리려면 돈이 필요합니다. 그것이 당장 먹을 뗏거리 비용이든 아니면 가게를 하나 차릴 돈이든 은행을 찾을 수밖에 없습니다. 그런데 은행에서 전세보증금을 담보로 대출을 해 주겠습니까? 그도 아니면 이미 근저당권이 채권 한도액까지 찬 집을 담보로 돈을 빌려주겠습니까?"

"흠, 어렵지요."

"그렇습니다. 그런 분들이 찾을 곳은 제2금융권 아니면 사채업자밖에 없지요. 그런데 작금의 대한민국의 현실은 제2금융권이든 사채업자든 열악하기 그지없습니다. 왜냐면 자금이 충분치 않아서입니다. 사정이 그렇다 보니 수익을 올리려면 한 가지 방법밖에 없지요. 바로 금리를 대폭 올리는 겁니다. 물론 나름의 이유는 있지요. 바로 리스크가 그만큼 크기에 이자라도 많이 받자는 것. 그게 싫으면 다른 곳에 가서 알아봐라. 서민들은 울며 겨자 먹기로 빌릴 수밖에 없습니다. 여기까지는 다 아는 얘기일 겁니다."

끄덕끄덕.

기본적인 것들이니 송일성이 가볍게 고개만 끄덕여 보였다.

"작금은 대한민국의 경제를 선도하며 증권시장에서 연일 빨간불을 켰던 증권, 은행, 건설회사, 즉 트로이카가 무너진 상탭니다. 지금 한창 구조 조정이 진행 중이고 또 공적 자금이 투입되고 있다지만, 이미 깡통을 차거나 직장을 잃고 거리로 나선 실업자들이 수두룩합니다. 이것이 무엇을 뜻하겠습니까?"

"수요가 그만큼 많다는 것이지요."

"맞습니다. 국내 업자들로서 그들을 상대하기에는 불가항력입니다. 그러나 열악한 국내 사정에 비해 일본은 돈이 넘쳐 나고 있습니다. 자, 풍부한 자금을 보유한 일본이 이제는 담장 위에 걸려 있는 방어막이 무너지는 순간, 물밀듯이 우리나라로 건너오는 건 기정사실입니다. 그들의 목적이 제1금융권의 금리를 따르는 것이겠습니까?"

절레절레.

"제로금리에 묶여 있는 그들에게는 고금리의 대한민국은 노다지 땅일 뿐입니다. 금리를 대폭 올리는 것은 물론, 돈을 갚으면 좋고 안 갚아도 그만이란 식으로 물량 공세로 나설 것이 빤하지요."

"갚지 않아도 그만이란 말은 뭔 뜻입니까?"

의미는 짐작이 가지만 확실히 들어 보기 위해 묻는 송일성이다.

"우리나라의 개인 신용 사회는 아직 초기 단계입니다. 담보 없이 돈을 내줬을 리가 없으니 집이나 전세보증금을 차압하면 되니까요. 이 어려운 시기에 고리채를 빌렸다면 웬만큼 벌어서는 갚을 수가 없으니 당연한 귀결입니다. 향후 그런 경우가 허다하게 일어날 겁니다. 그것이 점차 커지면서 종국에는 대한민국 대부분의 부동산이 일본인들의 수중으로 귀속되는 결과가 올지도 모른다는 겁니다."

"으으음."

거기까지는 생각하지 못했었던지 송일성의 입에서 신음이 흘러나왔다.

"여기에 음모론적 측면을 더해 보죠. 만약 이런 상황에서 아파트 가격이 성냥개비 쌓아 놓은 것처럼 붕괴된다고 가정해 보면, 종국에는 현재 대한민국에 존재하는 아파트 중에 수십만 채가 일본계 대부업체의 손에 넘어가게 될 거라는 겁니다. 저는 이런 상황을 일본인들이 내심으로 바라고 있다고 여기는 사람 중 한 사람입니다."

다 식어 버린 커피를 한 모금 마신 담용이 말을 계속했다.

"잘 아시겠지만 일본에서는 대형 평형의 부동산은 보유하기 힘듭니다. 괜히 축소 지향의 일본인들이 아닌 거지요. 그들에게 대한민국의 아파트는 매우 수준 높은 부동산에 속합니다. 이 말은 일본인들이 평생 단 한 번도 가져 보지 못한 넓은 거주 공간을 헐값에 소유하게 된다는 뜻이기도 합니다. 그런고로 수중에서 놓을 생각을 하지 않습니다. 그 이유가 뭔지 아십니까?"

"수익이 계속 생기는 화수분이지 않겠습니까?"

"그건 극히 미미한 이윱니다."

"……!"

"한국과 일본은 무척 가까운 나라입니다. 비행기로 2시간이면 양국 모두 전국 어디든지 갈 수가 있지요. 교통편이 비행기뿐이겠습니까? 대한해협을 쾌속선으로 오갈 수도 있고, 근자에 들어 일본에서 요구하기 시작한 한일해저터널이 기정사실화된다면 어떻게 되겠습니다."

"아, 자동차로도……."

육상 교통까지 가능해진다면, 양국 간의 교류는 걷잡을 수 없이 커질 것임이 금세 상상이 됐다.

"그렇습니다. 앞서 언급한 한국 부동산의 붕괴가 현실이 된다면, 그 넘쳐 나는 수요를 국내에서 흡수하기란 거의 불가능하니 일본 자금에 잠식된 부동산들이 대거 그들 소유가 될 것은 불을 보듯 빤하지요."

"그, 그렇군요."

"여기서 충격적인 말을 해 볼까요?"

"……?"

담용이 의미심장한 미소를 지어 보이자, 송일성의 얼굴에 의문부호가 가득 피어났다.

"대한민국 부동산이 더욱더 인기를 끄는 가장 큰 요인이…… 바로 일본이라는 국가가 가지고 있는 태생적 위험 요소인 지진 때문이라는 것에 주목할 필요가 있다는 겁니다."

"아, 아……."

"5년 전 그러니까 1995년에 고베지진이 있었다는 것을 알 겁니다. 무려 6,300명이 사망하고 1,400억 달러라는 천문학적인 재산 피해가 생겼지요. 이게 또 뭘 뜻하겠습니까?"

"아, 일본인들에게 국내 부동산은 그냥 잠시 투자해서 수익을 내는 자산의 개념이 아니라는 건가요?"

"딩동댕! 그게 핵심이죠. 미래에 아니면 근시일 내에 발생할 수 있는 대형 지진에 대한 대피처가 바로 그들이 앗은 아파트인 것이죠. 송 대표님, 제가 여태껏 한 말이 과연 허무맹랑한 소릴까요?"

절레절레.

"아, 아니요. 절대 그렇지가 않소."

격하게 공감한 것은 아니지만 상당 부분 가능성이 있는 이야기라 송일성의 반응은 꽤 컸다.

그럴 것이 지진에 의해서든 화산활동에 의해서든 언젠가는 침몰할 수밖에 없는 일본이라, 독도를 가지고 시비를 걸기 시작한 것도 향후 한반도를 점령하기 위해 꼬투리를 잡는 것이라는 말이 항간에 떠돌고 있기 때문이었다.

즉, 독도는 미끼이고 한반도가 목적인 것이다.

'에혀. 향후 정부에서 부동산 미분양 사태 해결을 이유로 외국인의 취득을 더 용이하게 해 주게 되니…….'

정말 근시안적인 정책이 아닐 수 없지만 막을 방법이 없다.

게다가 더 열 받게 하는 점은 기억의 저편에서 국민연금이 대부업체에 돈을 빌려주는 전주 역할을 했다는 것이다.

　국민연금의 뒤를 이어서 상호신용금고, 그러니까 저축은행들이 대부업체들의 전주 역할을 한다.

　그런데 그 후에는 놀랍게도 대부업체들이 전주 역할을 해 오던 저축은행들을 앞다투어 인수한다는 점이다.

　이는 대부업체들의 성장 속도가 눈부시다는 말임과 동시에 서민들이 그만큼 피와 눈물을 쏟았다는 뜻이다.

　또 여기서 분노가 치미는 것은 대부업체 거의 대부분이 일본계라는 점이었다.

　담용은 그런 일을 미연에 막고자 하는 것이다.

　"송 대표님, 물론 어려운 이들을 전부 구제할 수 없다는 것을 모르지 않습니다. 그러나 저는…… 최선을 다하고자 합니다. 도와주십시오."

　"아, 이, 이러지 마십시오."

　앉은 자세였지만 허리를 접어 가며 담용이 정중하게 인사하자, 송일성이 당황해 얼른 제지했다.

　어느 투자자가 투자할 회사에 와서 고개를 숙인단 말인가?

　그런데 선뜻 즉답이 나오지 않았다.

　"함께하시겠다면 또 하나 짚고 넘어갈 게 있습니다."

　"일단 들어 봅시다."

송일성은 확답을 조금 미룰 수 있어 다행이라 여겼다.

조금 혼란스러웠던 것이다.

"뭔지 말씀하시죠."

"대출 자격 조건을 명시해야 한다는 겁니다."

"대출 자격 조건에 대해서는 지금도 명시가 되어 있습니다만 그걸 뜻하는 건 아니겠고…… 무슨 의미입니까?"

"일정 재산 이상을 보유하고 있는 사람은 대출에서 제외시킨다는 거죠."

'헐, 사업을 말아먹으려고 하는 건가?'

그렇지 않고서야 자금 회수가 불가능한 사람들을 대상으로 대출을 해 줄 수는 없다.

돈이 돈을 번다는 정의가 금융회사만큼 딱 들어맞는 곳도 없지 않은가?

"돈이 한정 없이 들어갈 수도 있습니다."

"최소한의 원금 보장책은 마련되어야겠지요. 여기서 분명히 말씀드리고 싶은 건 우리가 투자한 금액에 대해서는 손해가 나더라도 코리코프의 수익은 보장할 거란 겁니다."

어차피 강탈, 탈취로 인해 보유하게 된 것이니 다 떼어먹히더라도 전혀 아까울 게 없는 돈이었다.

결국 그 돈이 어디로 가겠는가?

국내에서 돌고 돌며 시장경제를 주도하며 활성화시킬 것이 아닌가?

'하!'

들으면 들을수록 점점 사업과는 동떨어지는 말에 송일성이 조재춘을 힐끗거렸지만 눈도 꿈쩍하지 않고 있었다.

'아무리 국정원이 뒤에 있다고 해도 그렇지…….'

국정원이 조폐공사도 아니고 돈을 섬으로 쌓아 놓고 있는 기관도 아닌 바에야 불가항력이다.

5천억 원이 입금되지 않았더라면 국정원이고 뭐고 당장 파토를 내고 말았을지도 모른다.

"뭐, 정 불안하면 우리가 투자한 자금이 몽땅 소비되는 그날을 기점으로 손을 떼도록 하지요. 자, 지금까지 제가 한 말들을 약정서에 포함시키면 믿겠습니까?"

'허! 말을 못 하게 하는구만.'

말 그대로라면 완전히 자선사업이나 다름없었다.

"송 대표님, 제 말이 의심스럽고 믿기지 않는다면 지금이라도 늦지 않았으니 약정서를 찢어 버리면 됩니다."

담용의 단호한 말에 송일성이 식겁을 하고는 손사래를 쳤다.

"아, 아. 제 말은 그게…….."

"압니다. 제가 이렇게까지 하는 것은 서민들이 그만큼 절실한 상황에 놓여 있어서입니다. 그래서 무리를 해서라도 출혈을 하는 거고요."

이건 그냥 희생하겠다는 거나 마찬가지가 아닌가.

'후우, 이거야……'

저렇게까지 말하는데야 송일성도 가만히 있어서는 곤란하겠다는 생각이 들었다.

여기서 가만히 있으면 자신만 이득을 챙기는 욕심쟁이가 될 것 같아서였다.

'한번 동참해 봐?'

문득 불꽃같이 피어올랐다가 장렬히 산화하는 자신의 모습이 그려졌다.

무엇보다 그 취지가 너무도 애국적이지 않은가?

애국?

세금이 밀리지 않은 것과 국방의 의무를 다한 것밖에는 없었다.

이건 누구나 다하는 의무라 특별할 것도 없는 일이다.

꾸욱.

'그래, 산다는 게 별거 있냐? 이래도 저래도 한 번 뿐인 삶인 것을……'

송일성이 그 나름의 계산을 끝내고는 결심을 굳혔다.

"흠, 취지는 잘 알겠습니다. 저희도 의로운 일에 일조를 할 수 있게 연구를 해 보도록 하겠습니다."

일단은 신중하게 자신의 심중을 내비쳤다.

"코리코프 측에서는 이익을 챙기셔도 됩니다. 바라는 것은 제대로 일만 해 주시라는 겁니다."

"일에 대해서는 걱정하지 않으셔도 됩니다."

"물론 그럴 것이라 여깁니다. 비록 감사로 유 선생님을 내세우긴 했지만 귀사를 의심해서가 아닙니다. 사실 유 선생님이 따로 하고 있는 일이 바빠 감사직을 제대로 해낼지도 의문이고요. 그러니 우리로서는 오롯이 코리코프를 믿을 수밖에 없는 입장입니다."

담용의 말에 송일성이 순간 울컥했다.

"육 선생님."

자리에서 반쯤 일어선 송일성이 바짝 다가서서는 담용의 손을 덥석 잡았다.

"제가 비록 나이도 어리고 경험이 일천하긴 하지만 미국 아이비리그 출신으로 MBA를 수료했습니다."

전문 경영인의 자격을 갖추었다는 얘기다.

"이미 알고 있습니다."

"그렇겠지요."

국정원이 관여하고 있는데 투자 대상자에 대한 조사가 없을 수 있겠는가?

"저를 한번 믿어 주십시오. 저도 이참에 국민들을 위해 봉사하는 마음으로 이 일을 해 나가겠습니다."

결코 돈에 굴종해 하는 말이 아닌 진심이었다.

물론 담용의 말에 감화된 것도 있지만 한 번쯤은 꿈꾸던 일이 실제로 다가오다 보니 심경의 변화를 일으켰다는 점이 더 컸다.

"아! 그, 그렇게 해 주시겠습니까?"

"그럼요. 저야 부친을 잘 만난 덕에 평생 먹고살 만큼 여유가 있는 사람이라 성취욕과 명예욕 외에는, 더 이상 돈에 욕심부릴 이유가 없습니다. 약속드립니다. 육 선생님의 뜻에 동참할 것을 말입니다."

꽈악.

두 사람이 마주 잡은 손에 힘이 잔뜩 들어갔다.

"고, 고맙습니다. 역시 코리코프를 택한 건 신의 한 수였던 것 같습니다."

"하하핫, 그렇게까지…… 믿어 주시니 오히려 제가 더 감사하지요. 내 이제야 사람답게 사는 법을 알게 된 것 같습니다."

"욕심이 없는 사람에게는 적이 있을 수 없다고 했습니다. 기업도 마찬가지겠지요?"

"그럼요. 기업의 이윤을 배제하고 상품을 파는데, 누가 당해 내겠습니까? 하하핫."

송일성의 웃음이 잦아지는 것은 그에 비례해 기분이 고조되어 있음을 뜻했다.

즉, 사업적인 딱딱한 동업에서 뜻을 함께하는 동료의 분위기로 화해 가고 있었다.

줄곧 지켜보고만 있던 조재춘도 이런 분위기로 이끈 담용의 사업적 재능이 새삼스러웠던지 무척이나 놀라고 있는 중이었다.

게다가 일본 자금이 진출할 것을 미리 예측하고 있었다는 것까지 감안하면 마치 신내림이라도 받은 것 같았다.

무엇보다 자신이 거들고 나설 필요가 전혀 없다는 점이 좋았다.

'헐, 대단하군.'

정말 의외였고 감탄이 절로 나왔지만, 문제는 그것이 채무경 의원의 눈에 거슬릴 일이라는 점.

"기왕에 말이 나왔고 또 뜻을 같이한 김에 속내를 하나 더 내보이지요."

"예? 또 뭐가 있습니까?"

"머지않아 5천억 원의 자금을 더 투입할 수 있을 테니 기대하십시오."

"허억! 또요?"

"예. 아마 올해 안에 투입될 것입니다."

이번에는 정공진 게이트의 단초가 된 금융 비리 자금을 두고 한 말이었다.

국정원이 조사한 바로는 무려 1조가 넘는 금액이었지만, 절반의 금액만 말한 것이다.

이는 은닉된 돈을 수거해 봐야 그 결과를 알 수 있는 일이어서다.

"이, 이조 원!"

총투자 금액이었다.

뇌까리듯 외친 송일성의 뇌리가 빠르게 돌았다.

송일성의 뇌리로 뜬금없이 시중은행 중 한빛은행의 제반 내역이 파노라마처럼 지나갔지만, 확인차 임 이사에게 물었다.

"임 이사, 우리 주 거래 은행인 한빛은행의 납입자본금이 얼만가?"

"대략 1조 7천억 원 정도 됩니다."

"그래, 게임이 안 되긴 하지만, 우리 회사에 2조 원이 유치된다면 그들이 어떻게 나올까?"

은근히 제2금융권이라고 눈 아래로 보는 것이 고까웠던 참이어서 그들의 반응이 궁금해진 송일성이다.

"하핫, 그걸 말씀이라고…… 상전도 그런 상전이 없게 되지요."

"맞아, 어깨에 힘 좀 주고 다녀야겠군그래."

"저기…… 제 말이 아직 끝나지 않았습니다만……."

"아, 죄송합니다. 방금의 말은 본의가 아니었습니다. 워낙에 시중은행들에게 괄시를 많이 받다 보니…… 하핫."

"후후훗, 알고 있습니다."

담용도 안다. 말이 좋아 제2금융권이지 시중은행에서 보면 그냥 허가받은 사채업자일 뿐이었으니 말이다.

왜냐하면 금리가 싼 시중은행의 돈을 빌려다가 신용이 떨어지는 사람들에게 고금리로 팔아 그 차익으로 수익을 취하기 때문이었다.

태생적 한계는 돈이 많다고 해서 제1금융권 인가를 득할 수 있는 것이 아니라는 데 있었다.

하지만 이제는 그들을 부러워할 필요가 전혀 없었다.

"말씀하시지요. 귀를 씻고 듣겠습니다."

"별말씀을요. 다른 게 아니라 우리 YTY홀딩스에서 정보망 팀을 운영하고 있습니다."

"아, 예."

"이제는 컴퓨터 정보처리 시대입니다. 그만큼 업무 처리가 빨라야 함은 물론, 누구보다 먼저 정보를 취합해야 앞서갈 수 있는 시대지요. 그래서 코리코프의 홈페이지를 재정비하는 것과 동시에 업그레이드를 해야 합니다."

"옳은 말씀입니다. 업무에도 변화가 많아질 테니, 당연히 그래야겠지요."

"맞습니다. 또한 곧 컴퓨터가 전국적으로 보급이 될 테니 코리코프에 인터넷으로 접속해서 대출 신청과 각 업무들을 가능하게 하는 프로그램도 조속히 개발해야 합니다. 개발이 완료되면 점포가 많은 시중은행들을 부러워할 필요가 없어집니다."

"아, 그게 가능하겠습니까?"

"우리 정보망 팀은 유능한 인재들로 구성되어 있습니다."

충분히 가능하다는 말을 에둘러 표현하는 담용이다.

"그들은 서로 오갈 필요 없이 전화로만 대출이 되게 하는 시스템을 구축할 겁니다."

"오호!"

"이를테면 텔레마케팅 직원들이 전화를 통해 녹음을 해 둠으로써 대출한 사실을 증거로 삼게 하는 시스템 같은 거지요."

"아!"

"상세한 건 더 연구가 필요하겠지만, 핵심은 이미 완성되어 있습니다."

사실 담용이 언급한 적도 없지만 정보망 팀원들에게 대충 설명만 해 줘도 충분히 이해할 것이라 여겼다.

"저도 향후의 전망이 컴퓨터 시스템에 의해 좌우될 것이라고 생각해 왔습니다만, 여건이 닿지 않아 차일피일 미루고 있던 참이었지요."

"이제는 더 이상 미루면 안 됩니다. 선점해야 합니다. 일부 대기업은 이미 실용 단계에 접어들었을 겁니다."

"정보망 팀에게 자리가 필요할 것 같군요."

"3층 전 층을 정보망 팀이 쓰게 해 주실 수 있습니까?"

"아예 이 기회에 이 빌딩을 매입하도록 하지요."

"아니, 사, 사장님."

"아, 아. 임 이사, 이 일은 내게 맡겨 줘."

송일성이 과감히 결정한 것은 오늘 체결한 약정서만 가지고도 모회사에서 얼마든지 자금을 차입할 수 있다고 자신했기 때문이었다.

아니, 어째 이 사람들이 방문한 이후, 단자회사로 인해 잃었던 자신감을 온전히 되찾은 것만 같은 기분이었다.

"송 대표님."

"예, 더 요구할 게 있으면 기탄없이 하셔도 됩니다."

"외람된 말입니다만 사무실을 이전하는 건 어떻습니까?"

"예? 사무실을 옮기자고요?"

"예, 여긴 너무 협소하기고 하고 입지 조건도 그리 좋지 않은 것 같아서요."

"아, 그러고 보니……."

2조 원이란 거액의 투자를 생각하면 당연히 그에 걸맞은 사무실이 필요하다는 점을 미처 깨닫지 못했던 송일성이 자신의 이마를 톡톡 쳤다.

"여긴 내방하는 고객들의 편의를 위한 주차장도 없으니 많이 불편해할 겁니다. 그러니 이 기회에 강남으로 이전하시지요?"

"좋은 말씀이긴 한데…… 그만한 경비를 지출할 능력이 없습니다."

"사세를 넓히면서 사무실을 확장, 이전하는 것은 당연한 일입니다. 제가 길게 본다고 했죠? 투자금에서 유용하셔도 되니 내일이라도 사무실을 알아보십시오."

말을 내뱉고 보니 문득 담용의 뇌리에 기억 하나가 떠올랐다.

'맞다. 르네상스호텔 옆 사거리 코너에 J은행이 K은행에 합병되면서 점포가 공실이 되잖아?'

그것도 그리 규모가 크지 않은 빌딩으로 5층 건물이었다.

하지만 그 건물이 J은행 소유인지 아닌지는 알지 못했다. 기억 저편에서 다뤄 보지 않은 부동산이어서다.

'합병되면서 K은행으로 넘어가는 건가?'

그럴 수도 있지만 단언할 수 없는 것이 두 가지의 변수가 있었다.

하나는 비업무용 자산으로 분류되어 처분 대상이 되는 것과 다른 하나는 바로 BIS의 자기자본 비율 제도 때문이다.

여기서 BIS란 금융회사들의 건전성과 안정성을 측정하기 위해 BIS, 즉 국제결제은행이 제정한 지표를 말한다.

다시 말해 금융회사들의 위험 가중 자산에 대한 자기자본의 비율이 최소 8퍼센트를 넘도록 권고하고 있다는 것이다.

그러나 권고 사항이라고는 하지만 작금 IMF하에 있는 대한민국에서는 강제성을 띠고 있는 실정이었다.

즉, 비업무용 자산으로 분류되면 매입할 수 있다는 것이고, BIS 비율을 채워야 한다면 매입하기 어렵다는 소리다.

'알아봐야겠구나.'

그것이 아니라도 강남으로 진출하는 것이 네임 밸류의 값을 하는 추세다 보니 이전은 필수 사항이었다.

"아니, 이 기회에 적당한 사옥을 하나 매입하는 건 어떻습니까?"

"오오. 사, 사옥을 매입하자고요?"

갈수록 점입가경이었지만 투자금을 유용할 수 있다면 못할 것도 없어 송일성의 얼굴이 활짝 펴졌다.

"그것도 유동 인구가 많은 강남 요지의 사거리 코너라면 금상첨화겠지요. 동의하신다면 건물은 우리가 알아보겠습니다."

"다, 당연히 동의하고말고요."

"거듭 말씀드리지만 우리는 필요에 의해서 코리코프를 택한 것이 아닙니다. 함께하기 위해서이며, 동시에 서민들의 눈물을 같이 닦아 주자는 의지로 이런다는 걸 알아주십시오."

"아, 알겠습니다."

담용의 의지가 고스란히 느껴지는 힘 있는 말투에 송일성도 크게 고개를 끄덕이는 것으로 마음을 내비쳤다.

"그리고 또 한 가지 중요한 일이 있습니다."

"말씀하시지요."

웬만하면 전부 수용하겠다는 의지가 엿보이는 송일성이

다.

"지금 코스닥에 상장되어 있지요?"

"아, 뭐……."

사실 상장은 되었지만 겨우 유지만 할 뿐인 상태라 자랑거리라 할 수 없는 일이어서 송일성이 머쓱한 표정을 자아냈다.

이를 모를 리 없는 담용이 말했다.

"케파를 키우십시다."

"아, 가능합니다."

자금만 제대로 투자된다면 불가능한 것도 아니었으니, 송일성의 입장에서는 불감청고소원이었다.

"최소 자본금이 3백억 원입니다."

임 이사가 얼른 대답했다.

"저야 제안을 하는 것이지 자세한 사항은 저도 잘 알지 못합니다. 혹시 압니까, 테슬라 요건에 부합될 수도 있을지……."

"테슬라 요건이라면 자본금이 없는 대신 획기적인 기술력을 가져야 함과 동시에 사회적으로 많은 이익과 가치를 창출하는 기업이어야 하는데, 우리 회사는 그런 것과 거리가 멀어 어렵지 않겠습니까? 제조업도 아니고……."

"하핫, 조금 전까지 얘기해 온 내용을 다 잊으신 건 아니지요? 모두 획기적인 안이 아닙니까? 혹 반드시 제조업에

한한다는 조항이라도 있는 겁니까?"

"글쎄요. 그건 저도 잘…… 한번 알아봐야겠습니다."

"어차피 자본금은 확보됐으니 일은 그리 어렵지 않을 겁니다. 단지 그런 안건들로 인해 테슬라 요건에 충족이 된다면, 홍보 효과에도 영향을 미칠 거라는 거지요."

"흠, 만약에 케파가 커진다면, 주식시장이 뜨거워질 텐데, 그 점은 어떻게 생각하고 있습니까?"

"아, 뭔가 착각하고 계신 것 같은데요. 저는 제안을 드리는 것이지 거기에 대한 문제는 귀사에서 결정하시기 바랍니다. 어차피 주식시장이 뜨거워진다 해도 경영권을 사수할 주식량은 남겨 놓아야지 않겠습니까?"

"하하하, 그야 당연하지요."

'쩝, 이 정도 알려 줬으면 알아서 하겠지.'

담용은 주식을 보유할 생각도 관여할 생각도 없었다.

코리코프를 찾은 것은 그저 생긴 돈을 소비하기 위함이 목적이었으니까.

그 와중에 수익이 생긴다면 좋은 일이지 나쁜 일은 아니지 않은가?

그때는 또 다른 소비처를 찾아야겠지만 말이다.

'이제 코리코프에 5천억 원이 차입됨으로써 경계의 눈초리를 바짝 세울 작자들의 방해에 대한 대책을 세울 때로군.'

당연한 말이겠지만 방해꾼은 정관계에 널리 걸쳐 있는 친일파들일 가능성이 컸다.

담용이 막 입을 떼려 할 때, 송일성이 벽에 걸린 시계를 쳐다보고는 말했다.

"이거 어느새 점심시간이 다 됐습니다. 금강산도 식후경이라고 일단 허기나 면하고 다시 얘기해 볼까요?"

"그럴까요?"

'뭐, 시간은 많으니까.'

"자, 딱히 싫어하는 음식이 없으시다면 제가 맛집으로 안내해 드릴 테니 그리로 가시지요."

"좋습니다."

송일성이 밖으로 나가자, 유장수가 담용에게 말을 건네려다가 손짓에 막혀 버렸다.

"유 선생님, 의논하지 않은 것도 있을 테고 또 이해가 가지 않는 부분도 많을 줄 압니다만, 나중에 다 설명해 드릴 테니 오늘은 제가 하자는 대로 해요."

"쯧, 알았네."

유장수가 순순히 대답은 했지만 심술이 난 것 같은 표정만은 없애지 못했다.

BIIIDER
BOOK

모난 돌은 정을 맞게 되어 있다

여당 중진 의원 채무경의 집무실. 이곳에서 담용의 우려가 현실이 되고 있는 중이었다.

척 봐도 일본 사람이라는 것을 알 정도로 올백으로 넘긴 기름 머리에 2 대 8 가르마를 한 히메마사 아이로와 하세가와 치아키가 채무경과 대화를 나누고 있었다.

히메마사 아이로는 모리구치구미의 중간 간부로, 도해합명회사의 실적이 지지부진하자, 급거 파견된 인물이었다.

당연히 도해합명회사의 대표였던 혼토 우에하라는 실적 부진의 책임을 지고 본국으로 귀환해야 했다.

히메마사는 현재 도해합명회사의 대표를 맡고 있는 중이었다.

하지만 히메마사 역시 일전에 전 한일의원연맹 간사였던 갈성규 의원과 일본 금융의 한국 진출을 도모하는 모의를 했던바, 담용에 의해 갈성규 의원이 백치가 되자 무산이 된 전력이 있는 인물이었다.

동행한 하세가와 치아키는 제일 교포로 한국명은 장곡천이었고, 처세술의 달인답게 끈질기게 살아남아 지금은 히메마사를 보좌하고 있었다.

원래는 한국으로 동행했던 여성 금융 전문가 모리시카 세이카가 보좌했지만, 그녀는 갈성규에게 성상납을 하던 중 담용에게 놀란 나머지 정신착란 증세로 귀국한 상태였다.

대화의 끝을 달리고 있는지 세 사람의 의견에는 마지막 결의가 내비치고 있었다.

"어허, 머지않은 시일 내에 발표할 것이니 믿어 보시래도 그러시오."

"의원님, 거듭 말씀드리지만 한국에서의 손해가 실로 막중합니다. 솔직히 잃어버린 돈도 적지 않지만, 그보다는 그동안 시간을 허비한 것이 더 손해가 많지 않습니까."

말하면서도 히메마사는 속으로 욕을 해 댔다.

'드라공 루팡, 이놈 잡히기만 하면 뼈를 추려 버릴 테다.'

하지만 귀신이 곡할 노릇처럼 신출귀몰해서 언제 잡힐지는 알 수가 없다.

텅텅 빈 금고와 창고에 드라공 루팡이란 이름이 적힌 쪽지만 덜렁 남겨진 전부였으니 말이다.

"흠, 그거야 갈성규 의원이 그렇게 되다 보니 본의 아니게 늦어진 것 아니오?"

"그래서 저희도 거기에 대해서는 더 이상 생각지 않기로 했습니다. 문제는 그만큼 시일을 허비하다 보니 이제는 기다릴 여유가 더 없다는 겁니다."

사실 지금도 생돈을 마냥 묻어 두고만 있는 상황이었으니, 손해가 이만저만이 아니었다.

게다가 몇 번 탈취까지 당하다 보니 시일이 지날수록 불안감이 증폭되고 있었다.

비밀리에 꼭꼭 숨겨 두다 보니 이자는 고사하고 묻어 둔 돈을 지키기 위해 고용한 인원에게 들어가는 돈도 만만치 않은 상황이었다.

그래서 발을 뻗고 자기 위해 하루라도 빨리 제도권 진입이 되어 자금을 은행에 예치하기를 바라는 것이다.

나아가 돈놀이도 마음대로 할 수 있으니, 그때부터 수익이 산더미처럼 불어난다.

지금까지의 손해는 금세 복구하고도 남을 일이었다.

그만큼 한국 시장이 노다지인 데다 무방비 상태라는 것이다.

요는 언제까지 기다려야 하느냐에 따라 손익의 규모가 걸려 있다는 것이었다.

"그건 나도 짐작하고 있소이다."

"그래서 드리는 말씀인데요. 조속한 시일 내에 허가를 받고 본격적으로 영업할 수 있으려면, 정확한 날짜를 알아야 합니다."

"이미 준비가 다 되어 있다면서 발표 날짜가 그리 중요한 이유라도 있소?"

"당연히 이유가 있습니다."

"그 이유가 뭐요?"

"한국의 사채업자들이 정부의 시책을 믿지 못하고 있어 저희와의 조인에 서명을 못 하고 있다는 거지요."

"헐, 이미 그 바닥에 소문날 대로 다 난 것 같은데…… 아니었소?"

"그들의 말을 빌리면 단자회사들의 꼴이 될까 싶어 소문은 믿을 게 못 된다고 하더군요."

"그 말은 정부에서 뭔가 확실한 정책 발표가 있다면 조인을 하겠다는 뜻이오?"

"그렇습니다. 그러니 애를 좀 써 주십시오. 솔직히 속이 시커멓게 타들어 가고 있습니다."

'에잉, 그놈의 국민 정서……. 과거에 연연해서 무슨 발전을 보겠다고.'

채무경도 알고 있었다. 국내 사채업자와 합작하지 않고는 사업하기가 곤란하다는 것을.

만약 일본인이 독자적으로 그들의 자금을 들여와 돈놀이를 한다고 가정한다면, 먼저 야당에서 약점을 잡고 성토하고 나온다.

　그뿐인가?

　금융 계통도 바닥이 좁아터져서 금세 일본 자금이니 일제 앞잡이 자금이니 하는 소문들이 풍선처럼 부풀어 둥둥 떠돌아다닌다.

　그런 판국이면 될 일도 안 된다.

　"의원님께서는 그럴 능력이 있지 않습니까?"

　말끝에 히메마사가 하세가와에게 눈짓을 하자, 기다렸다는 듯이 바닥에 뒀던 007 가방을 채무경의 발치로 밀었다.

　"우선 1억 엔입니다. 말도 많고 탈도 많은 정치권 아닙니까?"

　"그야, 뭐……."

　생각만 해도 머리가 지끈거리는 세계가 정치권인 것은 누구나 다 아는 사실.

　"그들을 달래는 데 써 주십시오. 개인적인 사례는 반드시 하겠습니다."

　"험험, 뭘 이런 걸 다……."

　어색함을 감추려 몇 번 헛기침을 해 대는 채무경이다.

　명목이야 일이 잘되는 데 써 달라고 주는 로비 자금이지만, 제 주머니에 차면 그만인 뇌물 성격인 돈이다.

개인적인 사례야 해 주면 좋고 안 해 줘도 그만이다.

'조금 앞당기는 거야 일도 아니지.'

이미 꼭대기에서 재가가 난 사안이지만, 야당의 눈치를 보느라 시일을 재고 있던 참이었다.

"일주일 내로 발표할 테니 기다려 보시오."

"하면 시행은 언제나⋯⋯?"

'쯧, 말 타면 종자 부리고 싶어진다더니⋯⋯.'

하지만 고작 1억 엔에 거기까지 정보를 팔 정도로 채무경이 녹록한 정치인은 아니었다.

노회한 채무경이 그럴듯한 변명을 풀어냈다.

"그건 논의를 해 봐야 알겠소. 반대의 목소리를 잠재우려면 맨입으로 될 일이 아니지."

은연중 돈이 더 필요할 것임을 내비치는 말이었다.

"기별만 주시면 자금은 언제든지 대겠습니다. 그러니 가능한 시일을 앞당겨 주시는 데 중점을 두시기를 부탁드리겠습니다."

"크흠, 참고하겠소."

"그리고 다시 한 번 말씀드리지만, 그런 정보를 빼내 시장을 선점하려는 업자들이 나타나는지를 살펴봐 주시기 바랍니다."

정부 시책의 정보에 빠삭한 업체라면 발 빠르게 움직여 이미 규모를 키우려 애쓰고 있거나 혹은 이미 키웠을지도 모른다는 우려에서였다.

그들이라고 정치권에 줄을 대고 있지 말란 법은 없었으니까.

그만큼 시장을 선점한다는 것이 중요한 이유는 고객들의 뇌리에 가장 먼저 각인되는 것이 유리하기 때문이었다.

이는 따라잡기 어려운 요인이 되어 사세 확장에 영향을 미치게 되어 있었다.

설사 사세가 역전되는 경우라도 이는 먼 훗날의 얘기다.

그야말로 앙앙불락怏怏不樂의 신세.

"그건 이전에 얘기했을 때부터 금감원에다 조치를 해 놨소이다."

일정 이상의 외자도입의 경우 금감원에 신고를 하게 되어 있어서 언제든 알 수 있다는 뜻이었다.

"하면 아직까지 연락이 없는 걸 보면 별 변화가 없다는 뜻이겠지요?"

오늘 이 시간까지 자신들에게 이상 징후에 대한 통보가 온 적이 없었다는 의미였다.

"적어도 이 시간까지는 그렇다고 봐야지요."

"믿겠습니다. 그리고……."

"허허허, 뭔 말이기에 꺼리는 거요? 어디 뭔 내용인지 들어나 봅시다."

"하핫, 곧 본격적으로 일을 시작하게 될 테니, 탄환을 많이 쌓아 놔야 하지 않겠습니까?"

"뭐, 그야……."

"그러려면 본국에서 돈을 좀 더 들여와야 하는데……."

"아, 아, 루트를 마련해 달라 이거군요."

"맞습니다. 아직은 정상 루트를 사용할 수 없으니, 어떻게 좀……. 내년에 들여오게 되면 자금의 유통이 백일하에 드러나니 그만큼 자유롭게 유용하지는 못할 테니까요."

정부가 모르는 비자금을 비축해 놓겠다는 얘기였다.

이는 타국에서의 돈놀이가 결코 순탄하지 않음을 알기에 미리 기름칠할 것을 마련해 놓겠다는 뜻이었다.

당연히 그런 숨은 의도를 모를 리가 없는 채무경이라 눈빛을 살짝 빛내며 물었다.

"하면 얼마나……?"

"많으면 많을수록 좋겠지요."

"그래도 대략적인 금액을 말씀해 주셔야……."

채무경이 제아무리 국회재경위원장이라지만 자신이 소화시킬 수 있는 금액에 한계가 있기에 반드시 알아야 하는 사안이었다.

"아, 3차에 걸쳐 반입할 예정입니다. 1차로 1천억 엔이 계획되어 있습니다."

'헐─!'

내심으로 탄성을 내뱉은 채무경의 머리가 빠르게 돌았다.

'3차라면…… 적어도 3천억 엔.'

한화로 무려 3조 원이었다.

하지만 그 이상의 금액일 것임을 미루어 짐작할 수 있는 것은 본시 1차란 위험성을 감안해 시도해 보는 액수이기 때문이었다.

그래서 슬쩍 던져 보았다.

"3천억 엔까지는 내 선에서 가능하오만……."

"하핫, 그럴 것이라 짐작했습니다. 하지만 금액이 그보다는 더 많을 겁니다. 그러니 의원님께 협조할 분들을 좀 포섭해 두셔야 할 것입니다."

"뭐, 그 역시 그리 어렵지 않은 일이오만, 툭 까놓고 말해 주시겠소?"

'홋! 아직은 패를 전부 꺼내 놓을 수 없지.'

시작이야 겨우 사채업일 뿐이지만 그 과정은 결코 간단치 않았다.

'후훗, 한국의 산업 전반에 걸쳐 야금야금 잠식해 들어갈 원대한 계획을 안다면, 아무리 친일본 의원일지라도 입에 거품을 물고 반대하겠지.'

그랬기에 우선은 납득할 수 있는 금액으로 안심시켜야 했다.

"저 역시 본부에서 계획하고 있는 전체 액수는 잘 모릅니다. 다만 제 역량이 미치는 금액은 대략 5천억 엔입니다."

'흡! 오, 오천억 엔!'

"의원님께서 조금만 신경 써 주시면 가능하리라 봅니다만······."

"크흐흠, 알겠소."

'으흐흐흐, 5천억 엔이면 대체 얼마냐?'

내심 한화로 환산해 본 채무경이 속내를 숨길 수 없을 만큼 천문학적인 금액에 능글맞은 웃음을 설핏 드러냈다가 감췄다.

물경 5조 원이었으니 그럴 만도 했다.

자신에게 떨어질 콩고물을 생각하자, 머릿속으로 여러 인물들이 스쳐 갔고 입에서 나오는 말도 긍정적이었다.

"크흠, 거기에 대해서는 너무 걱정하지 마오."

"하면 루트는 어디로······?"

"그건······ 따로 기별을 주리다."

이 역시 머릿속으로 각 은행들이 주르르 떠올랐다가 사라졌다.

"근데 언제까지 결정해 주면 되오?"

"빠르면 빠를수록 좋겠지요."

"알았소. 내 15일까지는 알려 주겠소이다."

"감사합니다. 공무에 바쁘신 분의 귀중한 시간을 뺏어서 죄송했습니다."

"별말씀을."

"이제 가 보겠습니다. 그럼……."

일본식 예로 과하게 허리를 접은 후, 히메마사와 하세가와가 자리에서 일어났다.

"멀리 나가지 않겠소."

"또 뵙겠습니다."

다시 한 번 꾸벅 인사를 한 두 사람이 집무실을 빠져나갔다.

"뭐? 오, 오천억?"

히메마사와 하세가와를 내보낸 채무경이 곧바로 권오진 비서관이 들어와 하는 말에 깜짝 놀란 표정을 자아냈다.

"예, 조금 전 금융감독원에서 알려 온 바에 의하면, 오늘 오전 한빛은행에 입금됐다가 오후쯤 코리코프에 투자된 금액이라 합니다."

"누구야, 투자한 곳이?"

"송금처가 파나마국립은행이랍니다."

"파나마라고?"

미국이나 영국도 아니고 파나마라니?

채무경이 어이가 없어 잠시 말을 잃었을 때, 권오진이 말했다.

"파나마는 조세 피난처 중에 한 곳이기도 합니다."

"조세 피난처라고? 하면……?"

채무경이 아는 한은 조세 피난처란 범죄 자금의 소굴이고 불법의 온상이었다.

사실 페이퍼 컴퍼니 자체만 보면 범죄라고 할 수는 없지만 상식 정도로만 알고 있는 채무경에게는 그렇게 인식되어 있었다.

"하면 외국계 회사인가?"

외국계 법인이라면 손을 뻗치기가 어렵다.

"YTY홀딩스랍니다."

"YTY? 처음 들어보는군. 자넨?"

"저도 마찬가지입니다. 그래서 혹시 페이퍼 컴퍼니가 아닐까 하는 의심이 듭니다."

"그거…… 불법 아닌가?"

"꼭 불법이라 할 수는 없습니다. 법적으로는 엄연히 자격을 갖추고 있기도 하니까요. 단지 페이퍼 컴퍼니는 기업에 부과되는 세금을 줄이는 방편임과 동시에 기업 활동을 유지하는 데 소요되는 경비를 줄일 수 있다는 이유로 설립하는 경우가 많으니까요."

"흠, 꼬투리를 잡을 게 없다는 말인가?"

"의도적으로 탈세를 하기 위해 설립된 회사라면 불법입니다."

"불순한 의도는 없나?"

"아직은 조사가 미진해서 말씀드릴 계제가 못 됩니다. 그리고 페이퍼 컴퍼니 형태의 무인 지점이거나 역외 펀드 형태일 가능성도 있어서요."

"역외 펀드?"

사실 국회재정위원장을 맡고는 있다지만 경제 전문가가 아니다 보니 모르는 용어가 많은 채무경 의원이다. 그래서 의문이 나는 대로 물어볼 수밖에 없었다.

"뮤추얼 펀드라고도 하는데, 자금을 모아 미국이나 영국 혹은 동남아 등의 해외시장에 상장된 주식에 투자해 얻은 수익을 투자자에게 배당금의 형식으로 되돌려 주는 방식입니다. 그런데 그게 역으로 우리나라에 들어온 경우지요."

"외환 위기를 노린 거로군."

"맞습니다. 사실 펀드 회사라면 누구라도 군침을 흘릴 만하니까요."

"빌어먹을."

이건 난데없이 나타난 암초였다. 그리고 암초는 백해무익해서 제거해야 할 대상일 뿐이다.

"코리코프가 단자회사였지?"

"예."

"브레이크를 걸 수 있게 꼬투리를 잡아 봐."

"아, 그게 좀 어려울 겁니다."

"왜?"

"모회사인 서평특수산업이 부채를 전부 갚아 줬다고 합니다."

"뭐라? 전부 갚았다고?"

"예, 확실하다고 했습니다."

"끙."

앓는 소리를 낸 채무경의 뇌리로 히메마사가 돌아가면서 까지 신신당부했던 말이 떠올랐다.

─시장을 선점하려는 업체가 있어서는 안 된다.

정계에서 닳고 닳은 채무경이 이 말이 가지는 의미를 모를 리가 없다.

뜻인즉, 조합을 형성해 담합으로 금리를 일원화시키겠다 는 것.

급전이 필요하거나 생활고에 시달리는 사람들이라면 금리 가 비싸도 쓰기 마련이라는 점을 악용하는 것이다.

그런데 불쑥 돌연변이가 나타나 멋대로 금리를 정해 시장 을 선점하게 되면, 울며 겨자 먹기로 따라야 한다.

'어차피 나와는 상관없는 일.'

자신이 못살라고 빈 것도 아니고 회사가 망하라고 부채질 한 것도 아닌 바에야 책임은 없다.

'뭐, 나야 돈 받은 값만 하면 되지.'

"권 비서관."

"예, 의원님."

"코리코프에서 먼저 나설 기미가 보이면, 수단과 방법을 가리지 말고 막아."

"알겠습니다."

"아, 먼저 세무조사로 시간을 끌면 되겠군."

"그게 좋겠습니다. 자료를 싹 걷어 가면 업무가 마비될 테니, 적어도 올해 안에는 나서지 못할 겁니다."

"그래, 그렇게라도 해서 어떡하든 시간을 끌어 봐."

"근데 전화는 한 통 해 주셔야……."

"알았어. 내 오 청장과 직접 통화하도록 하지."

"그럼 통보가 오는 대로 조세팀과 같이 움직이도록 하겠습니다."

"대표를 조세범으로 엮으면 좋겠지만, 티가 나지 않도록 하는 게 더 중요해."

"차질 없이 해낼 테니 염려 마십시오."

"그래. 아! 성산건설 인수 건으로 부탁이 들어온 것이 있었지?"

"예, 갈성규 의원님 보좌관이 용돈은 될 거라고 했던 사안입니다만……."

"관급 공사 하나를 달라고 했던가?"

"예, 조기우 의원님과 상의해야 할 일입니다."

"하긴 조 의원이 건설교통을 맡고 있으니 한 번쯤 부탁해도 될 테지."

건설교통위원회 위원장을 맡고 있는 조기우 의원이라면 자신과 같은 4선의 중진 의원이라 말이 통하는 편이었다.

"근데 그 양반이 요즘 심기가 불편한 것 같은데, 무슨 일이래?"

"그러지 않아도 그 일로 전일순 보좌관에게 슬쩍 물어봤습니다."

"그래서?"

"자세한 건 말하지 않아서 잘 모릅니다만, 처남의 일로 인해 화가 많이 나 있다고 하더군요."

"처남이라면?"

"백광INC 대표였던 백성열입니다."

"아, 아. 그 홍채 인식 특허를 낸 녀석 말이지?"

"예."

"그 녀석이 왜? 무슨 짓을 저지르기라도 했나?"

"모르겠습니다. 다만 저더러 돈 좀 구할 데가 없냐고 묻더군요."

"돈?"

"예. 그걸로 보아 백성열에게 맡겼던 돈이 잘못된 것 같긴 한데, 더 이상은 말을 하지 않아서……."

'이런, 젠장…….'

처남인 백성열에게 맡겼던 돈이라면 필시 공적 자금일 것이 분명했다.

공적 자금이 잘못됐다면 결코 채무경 자신과 무관하지 않다.

이유는 조기우와 자신이 합작해서 억지로 받아 냈던 자금이었으니 말이다.

그런데 그게 다가 아니었다.

'처인구 역북동 땅!'

헐값에 팔더라도 1천억 원은 가볍게 받을 수 있는 토지였다.

'빌어먹을⋯⋯.'

어쩨 마음이 슬슬 불안해졌다.

당장 전화를 해서 어찌 된 연유인지 알고 싶었지만, 일단 지금의 얘기부터 끝내야 했다.

내키지 않았지만 보좌관 앞에서 여유를 잊어서는 안 되었다.

그리고 이것들은 보좌관들이 알지 못하는 일이기도 해서다.

"흠, 돈이 필요하다라⋯⋯."

'젠장 할.'

왜 이리 입맛이 쓸까? 더불어 불안감이 점점 더 커졌지만 말투는 부드러웠다.

"관급 공사에 대한 부탁이 조금 더 쉬워질 것 같군그래."

"그럼 돈을⋯⋯."

도와줄 거냐고 묻는 눈빛이었지만, 채무경은 고개를 저었다.

절레절레.

어림 반 푼어치도 없는 질문이다.

'단 한 푼도 내 수중에서 직접 나갈 돈은 없으니까.'

"이렇게 하지."

"어떻게요?"

"성산건설을 노리는 자가 누구지?"

"맥시멈환경입니다."

"대표는?"

"양경재라고…… 깡패 출신입니다."

"뭐? 깡패?"

"예, 원래 환경 회사라는 게 재개발 지역 철거 전문이라 그런 부류들이 많이 장악하고 있어서요."

"탈이 없겠나?"

"말로는 음지의 사업을 접고 양지로 나오고 싶어서 성산건설을 택했다고 하는데……."

"하는데?"

"그게…… 인수 방법이 적대적 M&A이라서요."

"흠, 성산건설이 1군 건설 업체지?"

"예. 겨우 턱걸이하고 있는 실정입니다."

"회생 가능성은?"

"업계에서는 어렵다는 게 대세더군요."

"흠, 그렇다면 도급 공사가 얼마짜리여야 할까?"

"5백억 원 정도면 적당하겠습니다."

"5백억? 근거는?"

"지금 현재 성산건설의 시공 능력 평가액이 7백억 정도라 그 정도면 적당합니다."

"쯧, 있을지 모르겠군."

톡톡톡.

검지로 책상을 두드리며 잠시 생각에 잠겼던 채무경이 입을 뗐다.

"그럼 5백억 내외로 하고 얼마나 낼 건지부터 알아봐."

"예."

"수고하라고."

권오진이 나가자, 채무경이 방금의 대화를 잊었는지 코리코프가 자금을 유입한 것이 마음에 걸려 중얼거렸다.

"뭐, 모난 돌은 정을 맞게 되어 있으니까."

'아참, 조 의원에게 전화부터 해야겠군.'

휴대폰을 들고 버튼을 누르는 손이 살짝 떨리는 채무경이었다.

정오 무렵이다.

오늘따라 담용이 사는 동네인 심곡본동 오르막 도로를 오르는 검은 정장의 신사들이 바글바글했다.

그것도 젊디젊은 사내들로 힘이 넘쳐 보일 정도로 건장한 청년들이었다.

다른 누구도 아닌 명국성과 그 부하들 그리고 강인한과 만박이를 비롯한 똘마니들로, 무려 20여 명이나 되었다.

다만 만박이만 정장이 없었던지 자유스러운 캐주얼 복장이었다.

당연히 이들은 동네 사람들의 구경거리가 되고도 남았다.

가게 문턱에서, 담장 너머에서, 아파트 베란다에서 제각기 목을 쭉 내밀고 쳐다보는 희한한 장면이 연출됐다.

하지만 얼굴에 내비친 안색은 약간의 불안한 빛도 엿보이고 있었다.

그럴 것이 하나같이 까만 정장 차림에 대부분 덩치이다 보니 꼭 조직폭력배 같은 느낌이 들어서였다.

아닌 게 아니라 오르막길 초입에 있는 공터에 까만 한 대의 승용차와 세 대의 밴이 멈추고 검은 정장을 한 덩치들이 우루루 내렸다.

이 모습을 본 전파사를 하는 김 씨가 얼른 뛰어나오더니 옆 가게의 창문을 두드렸다.

드르륵.

"김가야, 점심 내기 장기 두자는 거여?"

"박가야, 지금 장기가 문제가 아녀. 저길 좀 보라니께."

김 씨와 박 씨는 동향 출신으로 사이가 각별했다.

"어메? 저게 다 뭐여? 오늘 뭔 날이여?"

"내도 몰러."

"통장인 니가 모르면 누가 알어?"

"아, 글씨 암만 생각해도 떠오르는 거 엄는디 워떡하란 말이여?"

"뭐 짚이는 거도 없단 말이여?"

절레절레.

"암것두…….."

"그람 쟈들 뭐 같아 보이는 겨?"

"글씨…… 워디 초상났나? 죄다 깜정 양복이잖여. 아, 한 놈만 빼고."

"초상은 무신? 나 눈에는 딱 깡패들 같아 보이는구먼."

"깡패?"

"응, 그 뭐시냐? 요짐 조직폭력배들은 저러코롬 폼 나게 입고 댕기는 게 유행이라 카드만."

"잉. 글고 보이 영판 깡패들 같구먼."

"같은 게 아니라 딱 깡패여. 자세히 보란 말여. 몇몇 빼놓고는 죄다 짧은 스포츠머리잖여?"

"참말로 그러네."

"저걸 보고 깍두기머리라고 하는 거여."

"허, 그리 말허니 꼭 깍두기네그랴."

"어? 근디 저넘들이 선녀찬방 앞에서 안 가고 우물쭈물하는디?"

"잉? 뭐, 뭐여?"

박 씨의 말에 김 씨가 화들짝 놀라서는 고개를 길게 빼고 쳐다보니 박 씨의 말처럼 깡패들이 선녀찬방 앞에 모여들고 있지 않은가?

"아니! 저놈의 시키들이 감히 우리 선녀 씨를…… 내 이넘들을 그냥!"

"어쿠, 이 사람아, 아서, 아서라고."

소매까지 걷어붙이고 당장 뛰쳐나가려는 김 씨를 박 씨가 허리춤을 붙잡으며 잡아당겼다.

"이거 놓으라고! 시방 저넘들이 선녀 씨를 해코지할라고 하는 거 안 보이남?"

"거참, 사람도 참 급하기는. 해코지를 할지 안 할지 두고 봐야 아는 거 아닌감?"

"박가야, 깡패들이 하는 짓이 뭐여? 행패밖에 더 있어?"

'어? 요것 봐라. 필시 선녀 씨를 좋아하는 게 틀림없구만 그랴. 하! 하루 두 끼를 죽으로 때울 때 알아봤어야 하는 건데.'

"어허, 진정하라구."

"나가 시방 진정하게 됐나?"

'나참, 지가 진정 안 하면 어떡할 건데? 으이구, 화상아, 근처도 못 가서 바지에 지릴 넘이 무슨?'

"보라구. 줄까지 서는 거 안 보이남?"

"엥? 글고 본께…… 좀 이상하긴 허네그랴."

"김가야."

"와 그려?"

"자네가 왜 선녀 씨 일에 흥분하고 나서나?"

"응? 크흠흠. 험험."

"인자 본께 수상헌디……."

"뭐, 뭐가?"

"자네…… 선녀 씨 좋아하지?"

"뭐? 내, 내가?"

"아, 발끈하고 나서니까 물어보는 걸세."

"흠흠, 나, 나야 그냥 같은 동네 사람으로서……."

"아님 말지, 얼굴까지 붉히고그랴?"

'하! 경쟁자가 무지 많은데, 이놈까지 넘보고 있었다니…….'

박 씨가 알기로 선녀찬방의 여사장을 노리는 사람들은 많고도 많았다.

가까이는 파출소 소장인 조 경위에다 동사무소 구 사무장도 있었고, 멀리는 구청 건축과의 안 과장도 있었다.

'김가가 제일 처지는데…….'

어쨌거나 육선녀를 노리는 사내들의 공통된 점은 죄다 나이가 50살 안쪽이며 홀아비들이라는 것.

김 씨가 깡패들을 계속 째려보며 눈을 떼지 않자, 헛기침을 한 박 씨가 은근한 어조로 말했다.

"커험, 김가야."

"응?"

"홀애비가 과부를 좋아하는 게 흉은 아니지. 차라리 용기 있게 턱 나서 봐. 나가 도와줄 거구먼."

"잉? 차, 참말이여?"

"암은. 말만 하게. 나가 당장 선녀 씨한테 가설랑 김가가 좋아하더라고 전해 주지, 크크큭."

"이, 이런. 싸가지가……."

"쉿. 지금 우리가 다툴 때가 아니라구. 좀 더 지켜보고 나설지 말지, 신고할지 말지를 결정해야잖여."

"이익. 오냐, 나를 놀린 대가는 이따가 치르게 할 텡게 지금은 잠시 참것구먼."

김 씨는 당장 선녀찬방에 무슨 일이 벌어질까 싶어 조마조마한 심정이었다.

사실 김 씨가 나선다고 해도 저 많은 떡대들을 감당하기는 어렵지 않은가?

도저히 자신이 없었던 김 씨가 가게 안으로 들어갔다.

"김가야, 뭐 하려고?"

"신고하려고."

"헐, 똥줄이 탔구먼."

조폭이야, 순둥이야?

"여어, 동네가 무지 깨끗한데? 안 그러냐, 동생아?"

주변을 휘둘러보던 강인한이 탄성을 발하고는 만박이에게 동의를 구했다.

"형, 공기도 무지 깨끗해."

"만박아, 이 동네 마음에 들지 않냐?"

"마음에 쏙 들어, 형. 나 여기로 이사 올까 봐."

"마! 학교가 너무 멀잖아?"

부천에서 서울대학교가 위치한 관악구 신림동까지 통학하기에는 너무 멀긴 했다.

"까짓것 부지런 좀 떨면 되지 뭐."

"새끼, 해가 중천에 뜰 때까지 일어나지 않는 놈이 잘도 그러겠다."

"봐, 마을버스도 다니는데 못 다닐게 뭐 있어?"

"마! 그보다 방 한 칸 얻을 돈도 없는 놈이 이사는 가능하긴 하고?"

"에이, 방이야 큰형님 댁에 빌붙으면 되는 거지."

'크큭, 형 몰래 짱 박아 놓은 돈이 있걸랑.'

바로 사채업자인 고모, 문경숙이 준 돈이었다.

일전 사채업자들의 합의로 도해합명회사와 합작하기 위해 돈을 각출했을 때, 만박이 고모에게 경고한 덕분에 손을 뗐었다.

즉, 문경숙이 손해를 보지 않았다며 답례로 준 돈이었던 것이다.

그때 받았던 돈이 제법 액수가 컸던 터라 방 한 칸 얻는 정도는 충분했기에 만박이 자신만만해하는 것이다.

"하! 큰형님이 잘도 어서 옵셔 하시겠다."

"밑져야 본전이잖아. 이따가 물어봐야지."

'안 된다면 옆집에다 방 하나 얻는 거지 뭐, 히히힛.'

만박이 속으로 좋아 죽겠다는 표정을 자아냈다.

이 역시 이유가 있었다.

담용이 만박이를 싫어하지 않는 이유도 있었지만, 만박이는 담용 곁에 있으면 늘 좋은 일(?)이 생겼기 때문이었다.

좋은 일이란 돈이 생기는 일이었다.

지금도 광화문의 도해합명회사를 탈탈 털던 당시를 생각하면 통쾌해 미칠 정도였으니 말이다.

당연히 담용이 자신의 몫을 할당해 주었었다.

하지만 그 돈은 항상 궁한 살림에서 벗어나지 못하는 어머니께 건네주고는 도망치듯 집을 나왔었다.

명색이 독립 유공자 집안이라 이유 없고 까닭 없는 돈을 받을 리 만무한 어머니라 집에서 뭉기적댔다가는 추궁당하기 십상이어서다.

고로 평소에는 수중에 겨우 빈털터리를 면할 정도의 용돈만 지니고 있는 만박이었다.

그랬던 만박이 지금은 강인한 몰래 꿍쳐 둔 돈이 있어 요즘은 뭘 해도 자신감이 붙어 있었다.

'헹, 돈 싫어하는 사람이 어딨어?'

조만간 또 한 번 그런 쾌가 있었으면 하고 잔뜩 기대하는 만박이었다.

"쿵, 네 녀석을 어찌 말리겠냐? 나도 모르겠다. 네 맘대로 해라."

"와아! 형, 형."

"뭐, 인마!"

"쟤 좀 봐."

"누구?"

갑자기 얼튼 표정이 된 만박이가 가리키는 곳을 쳐다보던 강인한이 순간 '헛' 하고 바람 빠지는 소리를 냈다.

"어, 엄청 예쁘지?"

"와아! 그, 그래."

만박이 말처럼 진짜로 예뻤기에 강인한이 뭐라 타박하려다가 자신도 눈을 떼지 못하고 일시 얼이 빠져 버렸다.

고등학생인지 교복 차림에 책가방을 둘러멘 늘씬한 여학생이 빠른 걸음으로 일행의 곁을 지나치고 있는 중이었다.

자연 명국성을 비롯한 사내들의 눈도 여학생에게 쏠리더니 저마다 감탄을 자아내고는 새삼스럽게 옷매무새를 점검하는 한바탕 촌극이 벌어졌다.

명국성 역시 다르지 않아서 입이 쩍 벌어져 있었다.

'무슨 애가…… 무슨 광이 날 정도로 예쁘다냐?'

그것도 한참 물이 오른 나이라 그런지 낚시로 갓 잡아챈 생선처럼 생기가 발랄했다.

얼굴은 어찌 그리도 뽀얗고 발그레한지 찌르면 딸기 우유가 뚝뚝 떨어질 것만 같았다.

명국성은 맹세코 평생 저리도 예쁜 여자(?)를 본 적이 없었다.

'닝기리. 연예인들 중 최고 미인이라는 김희선보다 더 예쁘다니.'

쿡!

"……!"

"형님, 이런 촌구석에 우째 저런 여아가 다 있다요?"

"어, 그, 그러게."

"로드 매니저 놈들이 봤다면 환장하겠는데요?"

"네 말이 맞다. 눈들이 삔 새끼들이 보물은 여기 있는데 애먼 데서 헤매고 다니며 지랄들인지 모르겠네."

"아놔, 그동안 업소 애들 중에 예쁘다는 여자들을 많이 봐 왔지만…… 쟤는 단연 압도적이네요."

"내 말이……."

'쩝, 옛날 같았으면…….'

명국성은 납치란 말을 아예 기억에서 지워 버렸다.

죽고 싶으면 무슨 짓인들 못 할까?

"오오옷. 멀대 성님, 저 가스나가 펄펄 끓는 이 청춘의 뜨거운 심장을 사정없이 파 버리……."

퍼억!

"컥!"

"뭐? 펄펄 끓는 청춘? 에라이, 다 삭은 놈에게 뭔 청춘이 있다고 지랄을 떨고 자빠졌어?"

퍽! 퍽! 퍽!

"악! 악! 악! 아푸다구유. 고만 때려유."

구타를 견디다 못한 오함마가 줄행랑을 쳤다.

"함마, 너 일루 안 와?"

"아쒸, 얻어터지는 마당에 성님 같으면 서겠수?"

"이, 이 주책바가지 새…… 놈아!"

"에구, 멀대야."

"예, 형님."

"너, 나 죽는 꼴 보고 잡냐?"

"예? 그게 무슨……?"

"애들 좀 보란 말이다."

"……?"

"저러다가 사고 치기 딱 알맞겠지?"

"흐미, 내 정신 좀 보소. 이 시한폭탄들을 데려와 놓고선."

멀대도 그제야 아차 싶었던지 부하들을 쭈욱 돌아보았다.

아니나 다를까?

여학생에게 들이대지만 않았지 침을 질질 흘리고 있는 꼴
이라니.

금방이라도 수작질을 해 댈 기세들로 등등했다.

'아놔, 이 새끼들이 아직도 버릇을 못 고치고…….'

제 버릇 남 못 준다고, 그게 어디 쉽게냐만 여긴 지극히 조
심해야 할 동네임을 귀에 못이 박히도록 일렀는데도 저 모양
들이다.

멀대의 마음이 다급해질 수밖에.

"야! 이 새……."

습관처럼 부하들에게 욕설을 퍼부으려던 멀대가 또 한 번
'아차!' 하고는 급히 숨을 들이켰다.

바인더북

'쓰불, 큰형님 동네라 큰 소리도 못 치겠고.'

욕설은 더더욱 하지 말아야 했다.

명국성에게 골백번도 더 들은 말이 욕설 금지에다 조신한 행동이어서다.

목소리를 가다듬은 멀대가 점잖게 타이르듯 말했다.

"큼큼, 야들아, 어따 정신 팔고 있냐? 어여 올라가자고!"

"예, 형님."

"야, 성님."

그런데 도망갔던 오함마가 다가오더니 앞쪽을 가리키며 볼멘소리를 냈다.

"멀대 성님, 저 자식, 지금 들이대고 있는 거 맞쥬?"

"엉? 누, 누가 들이대?"

장소가 장소이니만치 들이댄다는 말만 들어도 심장이 '쿵' 내려앉는 멀대였다.

"만박이 녀석요."

"뭐? 만박이?"

"저거 보라고요. 막 자빠뜨리기 직전이잖수?"

'휴우, 간 떨어질 뻔했네.'

"에라이!"

딱!

"아코!"

이번에는 제법 아팠는지 비명을 지른 오함마가 악을 썼다.

"성님은 내가 동네북이유? 뻑하면 때려쌋게유?"

"맞아도 싸지, 인마!"

"뭔 이유로유?"

"봐라, 저게 어찌…… 자빠뜨리는 것처럼 보이냐? 네 눈은 해태냐? 길 물어보는 거잖아?"

"와아! 저 씨불 넘, 진짜 접근하는 것도 고단수네. 씨파, 내가 먼저 했어야 하는디."

퍽!

"악!"

"욕하지 말랬지?"

"아놔, 씨불이 뭔 욕이라고 그라요? 나한테는 무쟈게 이쁜 말이 씨불이고만……."

"마! 여기서는 그것도 욕이다. 글고 오함마, 너 지금 내게 엉기는 거지?"

"에헤헤헷, 제가 어찌 하늘같이 높으신 멀대 성님께 엉기 겠수."

툭툭툭툭.

"어이구, 이 먼지 묻은 거 좀 봐. 단벌 양복 다 베리 삤네."

계급이 깡패라 바로 꼬리를 내리는 오함마다.

'하, 이 씨벌 넘들이…… 공부한다고 깝죽대는 동안 군기가 확 빠져 버렸다니까.'

군대를 갔다 오지 않았으니 당연할 것이라 여기겠지만 조폭단체 내에서도 엄연히 질서와 서열은 퍼렇게 살아 있었다.

"너, 끝날 때까지 입 다물고 있어. 알아들었어?"

"야, 지퍼 찍 잠그고 있것고만유."

"에이그…… 이 잡종들을 뎈꼬 오는 게 아닌데……."

출장을 간다는 말에 입에 거품을 물고 마구잡이로 따라오겠다고 단체로 시위하고 나서는 바람에 명국성도 한발 물러서야 했다.

두목이고 뭐고 이판사판에 너 죽고 나 죽자 식으로 덤벼들다 보니 명국성도 순간 겁이 더럭 났을 정도였으니 말이다.

그럴 것이 강제로 붙잡혀서 팔자에도 없는 공부를 하느라 진이 다 빠지다 보니 무조건 콧바람을 쐬고 말겠다는 것이 그 이유였다.

그래서 결국 단 한 놈도 빠짐없이 동원됐던 것이 이 모양이 꼴이었다.

'그나저나 만박이 저 자식, 머리 진짜 좋네. 괜히 서울대생이 아니라니까.'

애새끼들은 침만 꿀떡꿀떡 삼키고 있는데 저놈은 과감하게 접근해 단순히 길을 물어보는 것으로 예쁜 여학생에게 접근하다니.

'씨발, 저 짓도 대갈빡이 빨리빨리 돌아가야 가능하지.'

"이봐, 학생."

"······?"

만박이 앞만 보고 걸음을 재게 놀리던 여학생을 불러 세우자, 그녀가 돌아섰다.

'헉!'

가까이에서 본 여학생의 미모에 숨을 급하게 들이쉬느라 만박의 혈압이 급상승하면서 안면이 벌겋게 물들었다.

'와! 죽인다.'

하마터면 숨이 막혀 코피까지 줄줄 흐를 뻔했다.

이거 진짜 거짓말 아니다.

'저 눈 동그랗게 뜨고 쳐다보는 것 좀 봐. 마치 놀란 꽃사슴 같다. 완존 시선 강탈녀네.'

그렇다고 정신을 잃을 만박이 아니었다.

"학생, 말 좀 물어봐도 될까······요?"

한참 어린 여학생임에도 워낙 미인이라 그런지 존댓말을 해야 할 것 같아 억지로 갖다 붙였다.

"네."

'캬아, 목소리도 끝내주네.'

옥쟁반에 유리구슬이 또르르 구르는 소리가 저럴까?

"저기······ 선녀찬방을 찾고 있는데, 어딘지 알면 좀 알려

줘요."

"선녀찬방요?"

"어. 그, 그래요."

'아쒸, 왜 이리 떨리냐?'

서울대가 좁다며 방방 설치고 다니는 만박이 인생에 결단코 없었던 일이 지금 벌어지고 있었다.

"알아요. 근데……."

여학생이 수상쩍다는 눈초리로 가까이 다가오는 떡대 패거리를 쳐다보더니 미간을 찌푸렸다.

'하! 고거…….'

그마저도 예뻐 죽을 지경이다.

"저 사람들…… 일행이에요?"

"어, 으응."

"아저씨, 깡패예요?"

'헉! 까, 깡패라니!'

면전에서 깡패란 말을 들은 만박이 황당한 표정을 지었다.

'이 무슨 개 풀 뜯어 먹는 소리다냐?'

근데 여학생이 이렇게 말로 불쑥 태질해 대는 겁 없는 당돌함이라니. 절대 쉽지 않은 시추에이션이다.

"아, 아냐. 난 대학생이야."

"대학생이라고요?"

되묻는 여학생의 눈에 불신의 빛이 가득했다.

"어, 진짜야. 잠깐만."

상의 안주머니를 뒤져 지갑을 꺼낸 만박이 학생증을 내보였다.

학생증을 빼앗듯이 손에 쥔 여학생이 눈에 바짝 갖다 대고는 꼼꼼히 살폈다.

"……!"

순간 여학생의 눈에 이채가 떠올랐다. 맨 먼저 눈에 띈 것이 서울대학교의 심벌이었기 때문이다.

의외라는 듯 만박의 얼굴을 힐끗 본 여학생이 다시 학생증에 시선을 주었다.

'문희수?'

이름을 확인하자마자 어디서 많이 들어 본 듯한 기색을 띠던 여학생이 고개를 발딱 쳐들었다.

"오빠가 문희수 씨 맞아요?"

'히익! 오, 오빠?'

오빠란 호칭에 만박은 내심 심장이 멎을 듯 놀랐다.

"그, 그래, 내가 문희수야. 거기 사진도 있잖아?"

"그럼 만박이?"

'엥? 뭐, 뭐, 뭐야? 얘, 얘가 어떻게 내 별명을 알아?'

지독하게 예쁜 여학생이 느닷없이 자신의 별명을 대자, 만박은 정신이 우주 밖으로 날아갈 정도로 아득해졌다.

"너, 너, 너…… 어떻게 내 별명을……."

배시시.

'윽. 요, 요녀다!'

여학생의 백치 같은 미소에 폭발적인 염기가 내포된 것 같은 착각이 들면서 만박의 정신이 졸지에 혼몽해졌다.

다행히 아득해져 가던 만박의 정신을 번쩍 일깨우는 목소리가 들려와 정신이 번쩍 들었다.

"혜인아! 거기서 뭐 하고 있냐?"

"도원 오빠!"

도도도도…….

얼른 만박이에게 학생증을 쥐여 준 혜인이 매정하게도 치맛자락을 팔락이며 도로 아래로 내려오는 사내에게로 달려갔다.

마치 위기에서 구원군을 만난 것 같은 잽싼 행동이었다.

'아놔, 좋았는데…….'

혜인의 뒷모습을 멍하니 쳐다보던 만박의 뇌리로 방금 들은 이름들이 스쳐 갔다.

'혜인이, 도원이…….'

머리 좋은 만박이라 어디선가 들어 본 이름들이라 여기는 순간, 바로 그 이름들의 정체가 기억났다.

'맞다. 크, 큰형님의 여동생이 혜인이었어. 아쒸, 남이 아니었잖아?'

도원이는 성이 김씨로 친구였고.

'근데 그 묵직한 사람이 저렇게 예쁜 여동생을 두고 있었나?'

전혀 생각지도 못했던 사실에 만박의 표정이 이상야릇해지기 시작했다.

'으흐흐흐……'

퍽!

만박의 뒤통수에 느닷없이 별이 번쩍했다.

"아악!"

"인마! 뭘 그리 얼빠진 채 히죽거리고 있어?"

그새 다가온 강인한이 만박의 머리를 쥐어박고는 귀를 잡아당겼다.

"아, 아, 아야야……."

"짜식아, 길을 물어봤으면 안내를 해야 할 것 아니냐?"

"아아아. 형, 형, 쟤, 쟤가……."

"쟤가 뭐?"

"저 여학생이 큰형님의 여동생이라고!"

"뭐? 크, 큰형님 여, 여동생?"

"그렇다니까."

"뭐야! 화, 확실해!"

"그래! 내 학생증을 보여 줬더니 글쎄 내 별명까지 알고 있더라니까! 나, 기절할 뻔했다고!"

"와아! 그럼 큰형님이 우리에 대해 가족들에게 말했다는 거잖아?"

"그렇지 않고서야 어떻게 내 별명까지 알겠어?"

"역시 큰형님은 범인과는 다르다니까. 그건 우릴 가족처럼 여기고 있다는 거잖아?"

"뭐, 그렇긴 하네."

"근데…… 여동생이 예쁘다는 말은 없었잖아?"

"에이, 삼남이녀에 맏이라고만 했지 다른 얘기는 한 적이 없잖아?"

"와아! 이렇게 신날 수가!"

"뭐가 신나?"

"형, 나 바로 이사 올 거야."

"이게 미쳤나?"

"으흐흐흣, 이따가 방값부터 알아봐야징."

"에고, 니 마음대로 하세요."

"형, 쫓아가 보자."

"쳇! 쫓아갈 것도 없네 뭐. 벌써 누가 마중 나온 것 같은데?"

두 사람이 실랑이를 하는 동안 혜인이와 만난 김도원이 명국성과 수인사를 하고 있는 중이었다.

"아이쿠! 형님의 친구분이시군요. 몰라뵈었습니다."

"어, 어. 이, 이러지 마십시……."

명국성이 허리를 절반쯤 꺾어 깍듯이 예를 취하자, 이런

경험이 전혀 없는 김도원이 어쩔 줄을 몰라 하며 말도 맺지
못하고 늦을세라 얼른 허리를 깊숙이 숙였다.
　자신보다 나이가 훨씬 많은 사람이 지극히 공손하게 나오
자, 당황한 김도원이 속으로 중얼거렸다.
　'아, 이 자식은 대체 누굴 보낸 거야?'

　─야! 누가 온다고?
　─만나 보면 알아.
　─아, 누군지 알아야 대접을 하든 말든 할 것 아냐?
　─대접할 것까지는 없고 그냥 고모네 죽만 좀 퍼먹이면
돼. 아, 애들이 대략 스무 명 정도 될 테니, 죽을 좀 넉넉하
게 준비해 둬.
　─아놔, 이 자식은 뜬금없이……
　─마! 네 녀석의 고민을 풀어 줄 애들이라고 생각하면 돼.
바빠서 끊는다.

　그 애들이라는 게 조폭들일 줄은 꿈에 몰랐던 김도원이 당
황한 거야 이루 말할 수 없었다.
　"처음 뵙겠습니다. 명국성이라고 합니다."
　"아, 예, 예. 저는 기, 김도원입니다."
　'아, 씨파. 왜 이리 떨린다냐?'
　시커먼 덩치들이 떼거리로 몰려와 둘러싸고 있다 보니 김

도원으로서는 간이 바짝 졸은 장조림이 된 것 같은 기분이었다.

혜인이 역시 방금까지의 발랄함을 잃고 김도원의 뒤꽁무니에 서서 두려운 눈빛으로 쳐다보고 있기는 마찬가지였다.

당연히 주변은 난리가 났다.

그럴 것이 평생을 가도 한 번 볼까 말까 한 희한한 광경을 구경하느라 모든 시선들이 쏠려 있었던 것이다.

전파사 김 씨와 쌀가게 박 씨를 비롯한 도로가의 가게 주인들이야 말할 것도 없었고, 길을 가던 행인들과 빌딩과 아파트에서 목을 쭉 내밀고 무슨 일인가 하며 쳐다보는 주민들, 심지어는 버스를 비롯한 자동차들도 가던 길을 멈춰 선 상태였다.

버스와 자동차들은 구경을 한다기보다 마지못해 멈춰 선 것이다.

왜냐면 덩치들이 왕복 1차선 도로를 틀어막고 있어 행여 불똥이 튈까 조심하는 것이었다.

그러거나 말거나 명색이 조폭 두목이었던 명국성이 어디 주변의 시선들을 의식하는 성격이었던가?

예전 같았으면 눈 한 번 부릅뜨는 걸로 산산이 흩어질 군상들이었지만, 요즘은 죄를 짓지 않아 떳떳해서인지 이를 즐기는 쪽이었다.

그래도 교통 체증은 좀 아니다 싶었던지 부하들에게 길을 비켜 주라는 손짓을 했다.

그래도 가지 않는 것은 책임이 없다.

"크흠, 멀대야."

"예! 형님!"

"이분은 큰형님의 친구분이시다. 인사드려라."

"예, 형님. 반갑습니다. 멀대라고 불러 주십시오."

역시나 허리를 절반쯤 꺾는 인사에 김도원도 급히 머리를 숙여 보였다.

"아, 아…… 김도원입니다."

"애들도 인사시켜!"

"예, 형님."

멀대가 부하들을 향해 돌아서더니 목소리를 가다듬고는 굵직한 바리톤 목소리를 냈다.

"크흐흠. 야들아! 어리바리하게 서 있지 말고 줄 좀 맞춰서 서 봐라."

강압적이지 않은 사근사근한 멀대의 말이 조금 이상했지만 부하들은 재빨리 움직여 나름대로 줄을 맞춰 정렬했다.

"케헴, 여기 서 계신 이분은 큰형님의 친구분이시다. 정중하게 인사를 드려야겠어, 안 드려야겠어?"

"인사드려야 합니다-!"

덩치들이 합창을 해 대니 동네가 우렁우렁 울리는 듯했다.

이들 역시 사람들이 쳐다보거나 말거나 눈치 따위는 전혀 보지 않았다.

이에 동네 사람들과 면식이 있는 김도원은 벌쭘한 표정이었고, 혜인이는 이런 모습이 생경했던지 두려움은 어디 가고 호기심 어린 눈빛이 대신 자리를 잡고 있었다.

"흠흠, 인사말은…… 이렇게 한다. 안녕하십니까! 큰형님 친구분님! 처음 뵙겠습니다! 잘 부탁드립니다-! 알았나!"

"예! 형님!"

"좋아! 일동! 인사!"

"안녕하십니까! 큰형님 친구분님! 처음 뵙겠습니다! 잘 부탁드립니다-!"

토씨 하나 틀리지 않고 그대로 읊는 인사말이 비록 유치하긴 했지만, 20여 명의 덩치들이 내는 목소리만큼은 쩌렁쩌렁했다.

이에 기가 팍 죽은 김도원이 어정쩡한 자세로 인사를 받았다.

"아. 예, 예. 바, 반갑습니다."

중인환시에 때아닌 대접을 받다 보니 기분은 그리 상쾌하지 않았다.

'젠장. 큰형님 친구분님이라니?'

호칭도 이만하면 유치찬란하기 짝이 없었고, 무식이 껑충껑충 뛴다고 해도 과언은 아닐 것이다.

떨떠름했지만 조폭들에게 대접받는 기분이 이런 건가 싶

을 정도로 아이러니하게도 즐거움이 스멀스멀 기어 올라오고 있는 김도원이었다.

'담용이는 어디서 이런 깡패들과 인연이 된 거지?'

도통 모를 일이었다.

자신이 아는 담용이는 결코 이런 조폭들과 인연은커녕 면식도 없는 친구였기에 의아함을 금치 못하는 김도원이다.

더 놀라운 점은 깡패들이 하는 행동으로 보아 담용이 보스 중에도 보스인 것같이 떠받드는 모양새라는 것이다.

그런데 깡패들이 하는 양을 가만히 지켜보며 머리를 굴리던 혜인이 갑자기 김도원의 앞으로 떡 나섰다.

이어서 요조숙녀같이 차분한 목소리로 자신을 소개하며 꾸벅 인사를 하는 것이 아닌가?

"안녕하세요? 저는 육담용 큰오빠의 여동생인 육혜인이라고 해요."

"헛! 여, 여동생?"

"와! 여, 여, 여동생이래?"

"뭐? 크, 큰형님 말이야?"

"그래, 방금 들었잖아?"

"어쩐지 아까부터 예쁘다 했어."

덩치들 사이에 또 한 번 '난리벚꽃장'이 벌어졌다.

그들 중 가장 놀란 사람은 명국성이었다.

'화아! 여, 여동생이라고?'

깜짝 놀라 선뜻 앞으로 나선 명국성이 혜인에게 물었다.

"저, 정말 육담용 형님의 여동생분이십니까?"

"네! 제가 집안에서 넷째예요. 지금 고등학생이구요, 에헤 헤헷."

'에구, 무슨 애가 미인이었다가 개구졌다가…… 왜 이리 변화무쌍하다냐?'

하지만 그러거나 말거나 무지 예쁜 건 틀림없는 사실이었고, 가만히 있어서도 안 되었다.

"멀대야!"

"예, 형님."

"형님의 여동생분이시란다. 어떻게 해야것냐?"

"당연히 인사를 드려야지요."

"언능 안 하고 뭐 혀?"

"야들아, 들었쟈? 어여 인사드려라. 아, 호칭은 큰형님 여동생분으로 바꿔서 하거라이."

"에이, 멀대 성님도 참. 우리가 무슨 바본 줄 압니꺼? 인자는 중핵교 졸업장이 있다 아입니꺼?"

"그래, 니 똥…… 니 팔뚝 굵다. 일동 인사!"

"안녕하십니까! 큰형님 여동생분님! 처음 뵙겠습니다! 잘 부탁드립니다ー!"

'이히히힛.'

얼떨떨해하는 김도원과는 달리 당돌한 혜인은 인사말이

유치하거나 말거나 그녀의 귀에는 착 감기는 것이 전혀 싫지가 않았다.

고로 그녀에게 인사하는 순간부터 조폭 아저씨들이 아니라 그냥 덩치 큰 오빠들이었다.

'우히히힛.'

입이 귀밑까지 째진 혜인은 덩치들이 큰오빠인 담용과 형님 아우 하는 사이임을 눈치채고는 그녀 특유의 친화력을 드러냈다.

사뿐한 걸음으로 나선 혜인이 양손을 날아갈 듯이 쳐들더니 곧 나부시 마주 인사를 했다.

"오빠들, 반가워요."

"오메오메……."

"어? 우, 우리도 방가버."

"혜인 양, 방가방가."

"와아! 니 억수로 예쁘다 아이가."

함박꽃 같은 웃음을 날리며 혜인이 두루 돌아가면서 연방 꾸벅꾸벅 인사를 하자, 이에 고무된 조폭들은 격하게 손을 흔들어 댔고, 얼굴에는 훈훈한 봄바람이 불었다.

"잘 오셨어요. 환영해요-!"

"어? 고, 고마워."

"도원 오빠, 뭐 해요? 모시지 않고."

"어, 그, 그래."

얼이 빠진 채 혜인이 하는 양을 지켜보며 어벙벙한 표정이던 김도원이 퍼뜩 정신을 차렸다.

'아휴, 이 불여시……'

어쨌든 맞이하기가 어색했었는데 혜인이 덕분에 잘 넘어간 것 같았다.

"저기…… 명국성 씨, 저를 따라오시죠."

"아, 예. 안내를 좀 부탁합니다."

"저기…… 편하게 말씀하시죠. 제가 한참 어린데……."

적어도 열 살은 많아 보이는 명국성이었으니 김도원으로서는 마냥 어렵기만 했다.

더구나 살벌한 조폭 두목이 아닌가?

"어이구, 큰일 날 소립니다."

'어얼, 이건 또 뭔 말이래?'

"왜, 왜요?"

"그, 그런 게 있어요."

"……?"

조직폭력배 사회를 잘 모르는 김도원에게 더 이상 자세한 얘기를 해 줄 수 없는 명국성이 재촉했다.

"큰형님이 복지관 이사장님을 꼭 뵈라고 하셨습니다. 안내를 부탁드립니다."

"아, 예. 그 전에 요기부터 좀 하시죠. 때도 됐는데……."

하긴 점심나절이니 식사할 때도 됐다.

"그럴까요? 안 그래도 출출하던 참이었는데……."

"제가 안내하지요."

"도원 오빠, 제가 먼저 가서 고모한테 말해 놓을게요."

"어, 그래 줄래?"

"네!"

대답하는 즉시 팔랑팔랑 줄달음을 쳐 가는 혜인이었다.

"저기…… 김도원 씨."

"예."

"쟤가 정말 형님 동생 맞습니까?"

"담용이 말입니까?"

형님이란 호칭이 영 어색해서 확인하듯 되묻는 말이었다.

나이가 물구나무서는 것도 아니고 형님이라니.

김도원이 알기로는 그런 촌수는 대한민국 그 어디에도 없었다.

게다가 담용은 조폭과는 거리가 먼 친구였으니까.

'아니다. 저번에 나를 구해 줄 때도 덩치들한테 큰형님이라 불리긴 했지…….'

"예."

'큿, 이놈이 그동안 조폭과 어울려 다니면서 돈을 벌어 왔나?'

전혀 근거 없는 얘기는 아니었다.

'공무원이라면서?'

그 때문에 아니라는 생각이 강했지만, 지금 벌어지고 있는 장면이 자꾸만 의심을 하게 만들었다.

하지만 따지는 건 나중 일이었고, 통화까지 한 마당이라 당장은 이들을 대접해야 했다.

"맞습니다."

"아이가 예쁩니다."

"저 아이 위에 언니가 있는데, 그녀도 예쁘지요."

말해 놓고도 제 애인 자랑하는 것 같아 어째 쑥스러웠다.

"하핫, 원래 미인 집안입니까?"

'미인 집안? 그런가?'

한 번도 생각해 보지 않았던 부분이라 김도원도 뭐라고 대답할 말이 궁했다.

그럴 것이 혜린과 혜인이 원래도 예쁘장했었지만 더 아름답게 피어난 저변에는 담용이 그녀들이 사용하는 화장품에 차크라의 기운을 불어 넣었기 때문이었다.

그 효과는 탁월하다 못해 특효를 발휘해 우윳빛 피부는 물론 이목구비에까지 영향을 미쳤고, 심지어는 머리카락까지 윤기가 나는 마술을 부리고 있었던 것이다.

당연히 애인인 정인이나 고모인 육선녀 역시 그 덕을 톡톡히 보고 있었지만, 그런 사실을 김도원이 알 리가 없었다.

"하핫, 혜인이의 언니가 지금 찬방에 있는데, 미인인지 아닌지 가서 직접 확인해 보시지요."

안 그래도 담용이 스무 명 정도 될 거라고 해서 손이 모자랄 것 같아 혜인과 정인이 와서 돕게 했던 터라 다들 분주했다.

"멀대, 애들 질서 좀 지키면서 조용히 따라오라고 해."

"예, 형님."

그렇게 명국성과 그 일행이 김도원을 따라 움직이자, 구경꾼들도 슬쩍 따라붙으며 이동하는 사태가 벌어졌다.

오르막 도로를 조금 더 올라가자, 김을 모락모락 피우는 반찬가게가 보였고, 이윽고 김도원이 걸음을 멈췄다.

"다 왔습니다."

"아!"

명국성이 살펴보니 개업한 지 얼마 되지 않았는지 깔끔하고 심플한 간판에는 선녀찬방이라 쓰여 있었다.

"오호! 깔끔한데요?"

"예, 담용의 고모님이 운영하는 반찬가게지요."

도원의 말을 듣기 전부터 명국성은 이미 전화로 담용에게 고모네 가게라는 걸 전해 들었던 터라 나름 신경을 쓰고 있었다.

"멀대야."

"예, 형님."

"식당에 들어가야 하니 애들 머리도 좀 손보고 옷에 묻은 먼지도 털면서 옷매무새 좀 살피라고 해라."

명색이 형님의 고모님이다. 잘 보여서 나쁠 게 하나도 없었다.

"예, 형님."

지시를 내린 명국성도 자신의 옷차림을 점검하면서 부산을 떨어 댔다.

이런 모습조차도 이해가 안 가는 김도원은 이들에게 담용이 어떤 위치에 있는지 도무지 갈피를 잡을 수가 없었다.

'젠장, 아무리 생각해도 단순한 두목, 아니 보스…… 아쒸, 도대체 담용이 걔는 뭔 짓을 하고 다니는 거야? 혹시 전국을 제패한 조폭 두목이라도 되나?'

딱 그런 모습이니 의심을 하지 않으려야 하지 않을 수가 없었다.

궁금증이 폭발 직전이었지만 대놓고 물어볼 수가 없으니 더 답답하기만 한 김도원이었다.

그때, '발칵' 하고 찬방의 출입문이 열리면서 화사한 웃음을 입에 매단 혜인이 나타났다.

"도원 오빠, 왜 안 들어오고 있어요?"

"어, 그, 그게……."

"형, 도울 일이 있을지 모르니 나 먼저 들어갈게."

"그래."

만박이 잽싸게 뛰어 들어갔다.

'와! 만박이 저 자식, 완전 능청 끝판왕이네.'

멀대가 부럽다는 듯 만박이가 들어가는 것을 쳐다보았다.

민박이의 행동을 제지할 수는 없었다.

강인한과는 다르게 만박은 조직과는 무관한 관계라 서열을 지킬 필요가 없었던 것이다.

자연 행동이 자유로워 먼저 들어가더라도 누가 뭐라고 할 사람이 없었다.

"혜인 양, 내가 도울 일 없어요?"

"아, 저…… 안에 고모한테 가서 물어보세요."

닿을 듯 가까이 서니 혜인이 입김이 그대로 코에 스며들자, 황홀해진 만박이 씨익 웃어 보였다.

'캬아! 무슨 화장품인지 냄새 한번 쥑이네.'

"댕큐!"

'능구렁이…… 같아.'

만박이 거침없이 쏙 들어가는 것을 본 혜인이 혀를 쭉 내밀었지만 머릿속에는 이미 '서울대생'이란 마크가 껌딱지처럼 달라붙은 뒤였다.

"도원 오빠, 다들 기다리고 있어요. 빨리 모시고 들어오세요."

"아, 알았다. 저기 들어가……."

"준비됐습니다."

"그럼 들어가시죠."

"근데 너무 좁지 않겠습니까?"

"아, 보기에는 저래도 안은 꽤 넓습니다. 자, 이리로……."

김도원이 앞장서자, 명국성을 필두로 부하들이 질서 정연하게 차례로 들어가기 시작했다.

그러다가 안에서 무슨 일이 있는지 들어가던 부하들 사이에 부딪치는 사태가 발생했다.

"악! 뭐야?"

"어쿠! 왜…… 멈춰……요?"

부하들이 정체 현상을 빚는 데에는 이유가 있었다.

다름 아닌 명국성과 멀대가 들어가다 말고 별안간 멈춰 선 때문이었다.

그것도 셋이 나란히 서서, '어서 오세요.'라는 단 한마디 인사말 때문에.

그런데 그게 다가 아니었다.

'으으으……'

명국성 그가 동공이 더 확장될 수 없을 정도로 커지고, 신음을 연방 흘리는 이유는 누가 더 아름다운지 우열을 가릴 수 없는 정도로 아름다운 세 여인의 미모 때문이었다.

그로 인해 움직임을 멈추자, 뒤따르던 부하들 사이에 정체가 일어나 서로 부딪친 것이었다.

멀대 역시 마찬가지라 이를 본 만박이 혀를 찼다.

"쯧쯔쯔……."

빠르게 다가온 만박이 명국성의 옆구리를 찔러 댔다.

쿡쿡쿡.

"형님!"

화들짝!

"아! 어, 그래."

"인사를 받았으면 답례를 해야지요."

"흠흠. 그, 그래야지."

넙죽.

허리를 얼마나 접었는지 아예 코를 박을 기세다.

"인사드립니다! 육담용 형님을 모시고 있는 명국성입니다!"

서른 중반의 나이답지 않게 마치 신병처럼 큰 소리로 외치자, 육선녀와 혜린, 정인이 당황한 표정이 되어 어쩔 줄을 몰라 했다.

이를 눈치챈 만박이 얼른 나섰다.

"나참. 형님, 그렇게 행동하면 여자분들이 놀라시잖아요?"

"엉? 내, 내가 실수했냐?"

그래도 만박이 머리에 먹물이 제일 많이 든 놈이라 그의 말을 새겨듣는 명국성이 세 여자의 눈치를 살폈다.

"실수는 아니고요. 그냥 조용히 가서 앉는 게 도와주는 거니 어서 자리에 앉기나 하세요."

"어, 그, 그래."

혜인이 쪼르르 다가왔다.

"저기 아래층은 좁으니 2층으로 올라가세요."

"어? 고, 고마워요."

'복층이었군.'

들어서자마자 정신이 아득해져 그조차도 몰랐다.

조폭 두목으로서 수치였다.

조폭이라면 식당을 가든 술집을 가든 그 밖에 어딜 가더라도 실내 구조를 비롯해 탈출구를 미리 파악해 두고 자리를 잡고 앉는 것이 철칙이다.

그런데 세 여인의 미모에 혹한 나머지 실내가 복층 구조로 되어 있는지도 몰랐던 것이다.

원래는 반찬가게가 주 업무였지만, 죽의 반응이 워낙 뜨거웠던 탓에 복층으로 개조해 손님들이 앉을 자리를 마련한 것이었다.

이는 층고가 높았기에 가능했다.

명국성은 복층으로 향하는 계단을 오르면서 미모의 여인들을 못 본다는 생각에 아쉬움을 삼켜야 했다.

잽싸게 뒤따라온 혜인이 난간 쪽으로 자리를 안내했다.

"여기 앉으시면 답답하지 않을 거예요."

"아, 고마워요."

얼마나 조심스러웠는지 의자 끄트머리에 엉덩이만 살짝 걸치는 명국성이었다.

'푸후훗.'

혜인은 명국성의 태도에 웃음을 참느라 볼이 터질 지경이었다.

생긴 건 꼭 산도적 같은데 행동과 말씨는 꼭 시골 깡촌에서 갓 상경한 촌뜨기 같으니 어찌 웃음이 나오지 않을까?

명국성에 비해 부하들은 비교적 자유분방했다.

"우와아! 오함마야, 여긴 미인이 아니면 직원으로 안 뽑나 봐."

"그러게. 세 분 다 엄청 미인이시네."

"얌마, 자꾸 쳐다보지 마라. 얼굴 빨개지셨잖아?"

"이히힛. 대갈빡아, 내는 하얀 앞치마가 더 마음에 든다. 캬! 저 꼬불꼬불한 레이스 쥑이지 않냐?"

"오함마야, 저거 메이드복이라는 거다. 글고 저건 레이스가 아니고 프릴이라고 한다."

"아놔, 이 시키, 먹물 좀 들었다고 지금 날 갤치냐?"

"씨불아, 갈키 주면 좀 배워라."

"아놔, 니 오늘 내캉 결판 낼라카나?"

"시끄럽고. 빨리 올라가기나 해라."

"오이야, 장소가 장소라 낫살이나 더 먹은 내가 참는다 이."

"썩을 새끼, 고작 15일 빠른 걸 갖고 주구장창 써먹고 지랄이여."

그렇게 다들 한마디씩 하느라 아래층이 떠들썩해지자, 명국성이 조용히 뇌까리듯 말했다.

"조용히!"

유난히 굵고 짧은 한마디에 천근 무게가 실렸는지 촉새처럼 떠들던 부하들의 입이 조개처럼 다물어졌다.

"멀대! 다들 들어왔냐?"

"예, 형님. 근데 삼신이는 좀 곤란하겠습니다."

"끙, 못 올라오것냐?"

"계단이 작살…… 아니 무너질 것 같은데요?"

"아놔."

워낙에 덩치가 큰 필승이었던 탓에 나무 계단을 오르기가 쉽지 않아 명국성이 혜인의 눈치를 살폈다.

눈치 하면 또 혜인이었다.

"호호홋, 걱정하지 마세요. 삼신이 오빠는 아래층에 앉으면 돼요."

싹싹한 것이 얼마나 친화력이 좋은지 이제는 스스럼없이 오빠라고 부르고 있었다.

'흐메, 부러븐 새끼.'

마음 같아서는 자신도 아래층에서 눈 호강하면서 배를 채우고 싶은 마음 굴뚝같았지만, 명색이 두목인데 애들처럼 놀수는 없었다.

거기에 개떡같이도 주방이 복층 아래라서 세 미인의 얼굴을 감상하며 먹을 수 없었다.

'아! 그래.'

문득 손뼉을 칠 정도로 기발한 생각이 떠오른 명국성이다.

'여기에다 우리 검정고시파의 지부를 두면 되잖아?'

그렇게 되면 세 여자를 자주 볼 수 있을 것이라 여겼다.

게다가 무주공산인 지역이라 피 한 방울 흘리지 않고 접수할 수 있으니 더 아니 좋은가?

그렇게 순식간에 주르륵 인선 작업까지 끝내 버리는 명국성이었다.

'좋아, 결정했어.'

명국성이 주먹을 불끈 쥘 때 혜인의 나긋나긋한 목소리가 들려왔다.

"삼신 오빠, 여기 앉아요."

"어? 고, 고맙다."

어느새 내려간 혜인이 의자 두 개를 합쳐 자리를 마련해 주자, 필승의 입이 헤벌쭉 벌어졌다.

삐거걱.

의자가 곧 부서지기라도 할 듯 비명을 질러 댔다.

"앗! 조심해요."

"헤헷, 조심할 테니 걱정 마."

"삼신 오빠 의자는 특별히 맞춰 놔야겠어요."

"그래 주면 고맙지. 근데 혜인아."

"네?"

"삼신은 별명이니까 필승 오빠라고 불러라."

"와! 필승요? 이름이 짱 멋있어요."

"성을 알면 더 멋있다."

"성이 뭔데요?"

"독고다."

"우와! 독고필승!"

"히히힛, 멋있지?"

"네-!"

"돌아가신 우리 할배가 지어 주셨다, 히히힛."

'에구, 조폭이야, 순둥이야?'

어리다면 어린 혜인이 봐도 삼신의 말과 행동은 너무도 순
진무구한 모습이었다.

"완전 멋있어요!"

내심과는 달리 혜인이 양손 엄지까지 척 내세우며 함박웃
음을 지어 주자, 삼신의 광대가 하늘로 치솟았다.

"혜인아! 주문받자."

"네…… 엥?"

얼떨결에 대답하고 보니 만박이 앞치마까지 두르고 다가
와 있는 것을 보고는 눈이 동그래졌다.

"만박…… 오빠."

'으흐흐, 오빠래.'

기분이 한껏 좋아진 만박이 허리에 손을 척 올리며 포즈를 취했다.

"어때? 어울리냐?"

"오호호호, 완전 딱이네."

"히힛, 글치?"

"응, 근데 주문받는 것보다 먼저 할 일이 있어요."

"뭔데?"

"아직 고모를 소개하지 않았잖아요?"

"아, 맞다. 사장님 소개부터 해야지."

"제가 할 테니 잠시 기다려 봐요."

혜인이 종종걸음을 하며 주방으로 향했다.

만박, 혜인에게 꽂히다

혜인이의 반강제에 힘입은 세 여인이 복층에서 잘 보이는 홀에 나타났다.

"와아아-!"

휘익! 휘이익-!

졸지에 또 한 번 눈 호강을 하게 된 덩치들이 환성을 질러 대면서 휘파람까지 불어 댔다.

그럴 것이 원래부터 그랬던 것인지 아니면 오늘을 위해 마련한 것인지 백설같이 새하얀 메이드복이 유난히 잘 어울리는 세 여자였다.

거기에 머리까지 하얀 두건으로 감싼 모습이 마치 패션모델 같아 보였다.

이러니 시키면 사내들의 입에서 환호가 튀어나올 수밖에.

짝짝짝.

"오빠들! 주목하세요!"

손뼉 소리와 혜인의 목소리에 떠들썩하던 실내가 순간 조용해졌다.

"오빠들─! 여기 세 여자분을 소개하겠어요."

"……."

"에…… 저는 육혜인이고요. 육담용 씨의 셋째 동생이에요. 오빠들께 정식으로 인사드려요."

스스로 자신을 소개한 혜인이 나부시 고개를 숙였다.

"와아─!"

짝짝짝…….

함성과 박수갈채가 이어졌다.

"헤헤헷, 다음은……."

또다시 조용해졌다. 그러지 않아도 명국성을 비롯한 부하들은 세 여인의 정체가 궁금했던 터라 금세 조용해졌다.

'하! 고거 맹랑하네.'

얼굴 표정으로 보아 딱 그런 기색들이다.

'가스나가 엄청 당차네.'

만박이는 그 나름대로 혜인의 하는 짓이 흡족했던지 연신 싱글벙글이었다.

그냥 무조건 마음에 쏙 들었다.

바인더북

'이히힛, 앞으로 너는 내 거다.'

마음속으로 혜인을 제멋대로 찜해 버리는 만박이었다.

이제 고등학생이면 나이 차이도 별로 나지 않았다.

불과 5살 차이니 딱 좋다.

아울러 부천으로 거처를 옮길 이유가 확실히 생겨 버렸다.

근데 만박이는 알까, 혜인의 거센 품성에서 폭발하는 등쌀을 견딜 수나 있을지 가히 걱정되었다.

뭐, 그건 훗날의 얘기고.

"고모, 앞으로 한 걸음 나오세요."

"애는……."

"아이, 어서요. 오빠들 시장하단 말이에요."

육선녀의 옷깃을 잡아당긴 혜인이 소리쳤다.

"자, 소개합니다. 이 세상에서 육담용 씨의 하나밖에 없는 고모님을 소개합니다―!"

혜인의 소개에 육선녀가 마지못해 한 발 앞으로 나와서는 살짝 묵례를 하며 말했다.

"찾아 주셔서 감사해요. 차린 건 없으나 맛있게 드셔 주시면 고맙겠어요."

덩치들이 앉았던 자리에서 벌떡벌떡 일어섰다.

큰형님의 고모라면 어른이었으니, 서열이 시퍼렇게 살아 있는 그들로서는 앉아서 인사를 받을 수 없어서였다.

"감사합니다―!"

휘이익-!

"다음은 육담용 씨의 바로 밑에 여동생인 육혜린 님을 소개합니다."

"반가워요-!"

혜린이 손을 살짝 흔들며 함박웃음을 지어 보였다.

"오구오구, 너무 아름답습니다-!"

"미스코리아! 진-!"

"와! 맞다. 팍팍 밀어줄 테니 나가 보세요!"

"완전 시선 강탈녀-!

휙! 휘익!

"에-! 다음은 육담용 씨의 약혼녀! 이정인 님을 소개합니다!"

"헉! 누, 누구라고?"

"야, 약혼녀라고 하는 것 같은데?"

"큰형님한테 약혼녀가 있었어?"

"그러게. 첨 듣는 말인데?"

덩치들이 중구난방으로 떠드는 가운데 명국성의 안색이 홱 변하더니 강인한에게 물었다.

"야! 독사…… 인한아!"

"예, 형님."

"넌 알고 있었냐?"

"저는 그냥 여자 친구가 있다는 말만 들었습니다."

"그으래?"

'씨파, 실수할 뻔했잖아?'

어쩌면 평생 동안 인연이 될지 모르는 여자다.

그것도 고모나 여동생들보다 서열이 더 높은 자그마치 형수였다.

유사 이래 남자가 마누라 베개송사에서 이겼다는 말은 들어 보지를 못했다. 그런고로 절대로 소홀히 대할 수 없는 상대가 바로 정인이었다.

"일동 차렷!"

우당탕. 구당탕.

갑작스러운 엄한 구령에 소란을 떨던 덩치들이 석고상처럼 빳빳하게 각을 세우느라 한바탕 난리가 났다.

"나와 너희들의 형수님이시다! 어떻게 예를 갖춰야겠느냐?"

"큰절을 해야 합니다!"

멀대가 씩씩하게 소리쳤다.

'헉! 큰절이라니.'

하지만 곧 그 말을 이해한 명국성이었다.

'컥, 하려면 제대로 하잔 말이지?'

뭐, 이쯤 되면 석가모니 시절에는 염화시중의 가섭존자이고 현대에서는 텔레파시다.

"맞다. 조직원이라면 마땅히 그래야 한다. 일동! 큰절!"

"형수님! 절받으십시오ㅡ!"

선녀찬방이 떠나갈 듯한 우렁찬 목소리가 들리고, 이어

'쿵쿵' 하는 소리가 났다. 동시에 덩치들이 엎어지듯 절을 하자, 그 무게로 인해 복층이 무너질 것처럼 삐걱댔다.

이에 당황한 사람은 정인이었다.

그녀는 혜인에게 소개를 받기 전부터 이미 얼굴은 홍당무가 되었고 그 색이 목덜미까지 번져 있었다.

한데 보기만 해도 두려움을 느낄 정도로 험악한 덩치들이 일제히 큰절을 하자, 어쩔 줄을 몰라 하며 엉겁결에 자신도 바닥에 엎드렸다. 맞절을 한 것이다.

"아이, 언니, 옷 버려. 어서 일어나요."

혜린이 황급히 정인을 일으켜 세웠지만, 그녀는 꿈쩍도 하지 않았다.

정인으로서는 너무도 황당한 일을 겪다 보니 이런 경우 어찌 처신해야 할지를 몰랐기에 그만 석상이 되어 버린 것이다.

더불어 계속되는 의문이 있었다. 자신이 사랑하는 사람이 이들과 어떤 관계인지 궁금증이 무럭무럭 솟았다.

그런데 묘하게도 그리 나쁘지 않은 이 기분은 또 뭔지.

정인은 꿈에서도 알 수 없었다. 덩치들이 저렇게 큰절을 하는 이유는 그녀가 고모나 여동생보다 더 비중 있는 사람이기 때문이란 것을.

명국성이 슬쩍 고개를 들어 보니 정인이 꿈쩍도 않고 있는 것에 부하들에게 일어나라는 말을 하려다가 그대로 가만히 있었다. 덩치들도 명국성을 따라 하다 보니 일어날 생각을 하지 못했다. 정인이 먼저 일어나야 그들도 일어날 수 있었기 때문이었다.

그렇게 기상천외한 일이 잠시 지속되자, 보다 못한 만박이 나섰다.

"혀, 형수님, 이제 일어나세요. 일어나지 않으면 형들도 안 일어나거든요."

"아······."

만박의 깨우침에 정신이 번쩍 든 정인이 벌떡 일어섰다.

그제야 명국성이 입을 뗐다.

"애들아, 이제 일어나도 된다."

덩치들이 꾸물대며 일어났지만 입은 가만히 두지 않았다.

"큰형수님! 무지 아름다우십니다!"

"억수로 이쁩니더!"

"최고로 이쁘유!"

'하이고야, 못 봐 주겠다.'

지금까지 말없이 지켜보던 김도원이 휴대폰을 들더니 밖으로 나갔다. 반면에 혜인은 덩치들이 제각기 한마디씩 해 대자, 눈꼬리를 실룩거리고는 버럭 소리쳤다.

"아우, 오빠들! 이제 그만해요! 눈초리는 독수리 판박이고 예쁘다는 말도 뻐꾸기 우는 소리같이 들린다고요!"

"우히히힛!"

"헬헬헬헬······."

혜인의 톡 쏘는 말에도 배알도 없이 여전히 시시덕대는 덩
치들의 시선은 정인에게서 떼어지지 않았다.

덩치들이 그러면 그럴수록 정인은 쥐구멍에라도 숨고 싶
은 심정이었다.

'헐! 웬 여아의 입담이……'

명국성은 덩치들, 아니 덩치만 큰 게 아니라 온갖 흉터를
훈장처럼 달고 있는 사내들 앞에서 시종일관 전혀 기죽지 않
고 나서는 혜인의 당찬 기세에 혀를 내둘렀다.

'저거…… 무지 앙팡진 게 완전 여장부네, 여장부…… 엥?'

명국성의 시선이 혜인의 옆모습을 보며 자발없이 헤죽대
고 있는 만박이게 꽂혔다.

'얼라리요? 이게 뭔 시추에이션? 아놔, 저놈…… 눈에서
하트가 줄줄이 뿜어져 나오는구만.'

딱 봐도 알겠다. 만박이 혜인이에게 마음이 꽂혔다는 것을.

'하! 저놈…… 걱정되네.'

명국성의 뇌리로 결혼이라도 하게 되면 만박이 평생 쥐여
살 것 같은 모습이 상상됐다.

이어 또 다른 모습이 그려졌다.

'아니지. 저 정도 성깔이라면 남편을 성공시킬지도…….'

아무튼 뭘 상상하든 훗날이 무지 재미있을 것 같다는 생각
이 드는 명국성이었다.

"자, 자, 이제 식사하죠. 만박 오빠, 거기 돼지고기 담아

놓은 거부터 날라요."

"옛썰!"

스무 명 안팎의 장정들이 온다는 말에 죽만 먹이고 보낼 수가 없어 돼지고기를 푹 삶아 가지런히 썰어서 쌓아 놓은 터였다.

"오빠들-! 오늘 메뉴는 팥죽에 보쌈이에요!"

"오오-! 그거면 황송하지."

"이히히힛. 팥죽에 보쌈! 데끼리네."

"혜인아, 술은 없냐?"

"캬! 술 좋지!"

"누구야! 술 찾는 놈이!"

부하들이 술을 찾자, 명국성이 버럭 했다.

"인마들아, 여기가 술집인 줄 알아?"

서슬 퍼런 명국성의 눈초리에 부하들이 깨갱 하며 숨을 죽였다.

"술은 저녁에 처마시고 지금은 그냥 조용히 먹고 즐겨. 알았나?"

"넵!"

"아이, 두목 오빠는 왜 겁을 주고 그래요? 입맛 떨어지게."

"아, 나는 그, 그저……."

혜인이 쌍심지까지 켜고 눈총을 주자, 찔끔한 명국성이 자신 앞에 놓은 팥죽을 퍼먹기 시작했다.

그래도 좋은지 입이 슬며시 벌어졌다.

'으흐흣, 두목 오빠라니…….'

어째 어감이 이상하긴 하지만 오빠는 오빠이지 않은가?

"오빠들! 오늘은 술이 준비되지 않았으니 아쉬워도 맛있게 드세요."

그 말을 시작으로 덩치들의 '먹방'이 시작됐다.

이들이 식사를 시작하는 그 시간 밖으로 나간 김도원은 휴대폰으로 한껏 성질을 부리고 있는 중이었다.

"야! 쟤들 뭐야? 조폭 맞지?"

―아, 좀 험한 데서 노는 애들이긴 해.

"하! 지금 그걸 말이라고…… 조폭들이란 말은 없었잖아?"

―마! 해결해 줄 애들이라고 했잖아?

"그게 조폭이야?"

―그러면! 조폭들은 조폭으로 해결하지 뭘로 하냐?

"씨이……."

하긴 그게 제일 좋은 방법이긴 하다.

"그래도 귀띔이라도 좀 해 주지. 지금도 심장이 벌렁벌렁한다고."

―왜? 애들이 장난쳤어?

"그건 아닌데……."

오히려 너무 깍듯해서 탈이다.

―그럼 뭐가 문젠데?

"아놔."

문제? 하나도 없다.

'씨이, 그러고 보니……'

전화를 걸 때까지만 해도 씩씩거리며 뭔가 따져야겠다는 생각이 전부였는데, 막상 듣고 보니 할 말이 없다.

'아, 그렇지.'

"야! 쟤들을 이사장님께 데려가라고?"

─응.

"인마, 이사장님이 쟤들을 만날 것 같아?"

─할아버지와는 이미 통화했으니 걱정 마셔.

"그, 그래?"

─어, 나 바쁘다. 더 할 말 없지?

"그, 그래."

'아놔, 왜 당한 기분인 거지?'

주둥이를 쭉 내민 김도원이 찬방 안으로 들어가려다가 멈칫하고는 시선을 돌렸다.

'뭐야? 또?'

김도원의 시선에 들어온 것은 또 다른 한 무리의 사내들이 꾸역꾸역 올라오고 있는 모습이었다.

족히 열서너 명은 되어 보였다. 체구도 제각각인 데다 정장 차림이 아닌 가지각색의 옷차림이었다.

그렇다 해도 험악한 인상에 껄렁껄렁한 걸음걸이만으로도

딱 한통속인 것을 알 수 있었다.

'젠장, 한꺼번에 좀 오든가 하지.'

어쨌거나 절친인 담용과 관계된 손님이니 맞을 준비를 해야 했다.

애써 입 근육 운동을 하며 안색을 푼 도원이 걸음을 옮기다가 다시 멈칫했다.

'아참! 아까처럼 혜인이 먼저 나서는 게 좋겠지?'

혜인이 나섰던 것이 여러모로 부드러웠던 기억이 김도원을 찬방으로 이끌었다.

'쩝, 고기를 더 주문해야겠군.'

승합차 두 대에 나눠 탄 한 무리의 사내들이 공터에 차를 주차해 놓고 오르막 도로를 오르는 모습이 전파사 김 씨와 쌀가게 박 씨의 눈에 여지없이 띄었다.

거쳐오는 게 외길목이다 보니 눈에 안 띌 수가 없었다.

"에구, 김가야, 오늘 진짜 뭔 날인가 벼."

"글게, 쟈들도 아까 갸들처럼 깡패 같지?"

"같은 게 아니라 깡패여."

"오늘이 깡패들 계 모임 하는 날인가?"

"그걸 왜 우리 동네에서 한단 말이여?"

"난들 그걸 알 수 있나? 깡패들이 누구 허락받고 뭘 할 넘들도 아니고…….."

"역시 찬방으로 가는 것 같지?"

"아, 올라가면 다 그 방향인데 무슨……?"

"그나저나 찬방은 조용한 것 같은디……."

"혹시 죽 먹으러 온 거 아녀?"

"에이, 그건 아니다."

"왜? 선녀찬방 죽이 맛있기로 소문났잖여? 나가 알기로는 쩌어기 김포에서도 먹으러 오더만."

"그렇다고 생전 구경도 못 하던 깡패들이 한꺼번에 들이닥친다는 게 말이 되간?"

"안 될 건 또 뭐 있노? 오, 올라리?"

"잉? 뭐여?"

"저넘들도 선녀찬방으로 가고 있어."

"거봐라, 찬방이 계 모임 장소라니깐."

"거 말 같은 소릴 좀 혀라."

"아니면 뭔디?"

"아놔, 이넘들이……."

부르르르.

뭐가 그리 분했는지 얼굴까지 붉힌 김 씨가 주먹을 떨어 댔다.

"김가야, 갑자기 와 그랴?"

"저, 저넘들이……."

"거 답답하기는. 뭐 땜시 그랴?"

"저넘들이 선녀 씨를 노리고 온 게 틀림이 없구먼. 내 이 놈들을 그냥……."

소매를 걷어붙이며 당장 나서려는 김 씨를 박 씨가 소맷자락을 잡고는 잡아당겼다.

"아그그. 김가야, 진정혀, 진정하라고."

"나가 시방 진정하게 생겼는감."

'에그, 나섰다가 단매에 맞아 죽지 않으면 다행이지.'

'우짠지 이것들이 떼거리로 몰려왔다 했어."

"이, 이봐, 진정하고……."

"이거 놓으란 말이여."

'하이고, 이놈아, 말릴 때 들어.'

"김가야, 우선 신고부터 하고 나서란 말이여."

"아까 못 들었어? 전부 출동하고 인원이 없다잖여?"

"인자는 다 끝났을 거여."

"그람 싸게 와야지, 뭐 하고 자빠졌담."

"전화하면 오지 않것어?"

"크흠, 나가 정말이지, 박가 너 땜시 참는다, 에이."

'이넘아, 누구 초상 치르게 할 일 있어?'

박 씨는 되지도 않을 허풍을 쳐 대는 김 씨의 뒤꼭지에 대고 한 대 쥐어박는 시늉을 해 댔다.

무주공산은 개뿔이……

"놈팡아, 아직 멀었냐?"

"다 왔습니다, 형님. 저기 선녀찬방이라는 간판 보이죠?"

근래에 단 것인지 예쁘장한 간판이 눈에 들어왔다.

"아, 저기냐?"

"예."

"새끼, 네놈이 그토록 떠벌릴 정도로 예쁘지 않으면 각오해야 할 거다."

"형님도 참. 제 별명이 놈팡이라는 걸 알면서 그래요?"

"하! 니놈이 놈팡이 짓 한 거는 죄다 술집 작부를 상대한 거잖아?"

"그래도 꽤 삼삼한 애들 많았거든요?"

"지랄하네."

"암튼 걔들은 상대도 안 될 정도로 기가 막힌 미인이라니깐요. 거기에 이 놈팡이 새끼손가락 걸겠심돠."

'새애끼, 큰소리치는 걸 보면 제법 반반한 계집인 것 같기는 하네.'

"두 명이라고 그랬지?"

"예, 근데 한 명은 나이가 좀 들었습니다. 그래도 기똥차게 예쁘긴 합니다."

"흐흐흐, 원래 여자는 좀 농익어야 제맛인 거다, 짜샤."

"에이, 그래도 난 아다라시가 좋아요."

"짜아식, 그래서 넌 아직 어리다는 거다."

"푸웅! 그래도 여자를 자빠뜨리는 거는 따먹는 맛에 있는 겁니다."

"미친넘."

"그나저나 저는 형님이 찬방 여자의 미모 앞에서 버벅댈까봐 그게 걱정됩니다."

"뭐라? 나가 버벅댄다고? 이 자식이 날 뭘로 보고."

"형님, 그만큼 그 여자가 아름다워서 하는 말입니다."

"얌마, 아무리 예쁘다고 해도 그렇지. 내가 누구냐?"

"무쇠 땅크요."

"그래, 무쇠 땅크면?"

"마구 밀어붙이는 데는 최고지요."

"짜샤, 바로 그거라고. 여자란 그저 밀어붙이다가 한 번 꾹 눌러 주면 끝나는 거여."

"하하하, 저하고는 스타일이 다르군요."

"마! 시간 끌 게 뭐 있어? 네 녀석은 스타일을 바꿔야 돼. 사내놈이 쫀쫀하게시리 요리 재고 조리 잰다는 게 말이 돼?"

"햐! 고년 삼삼하네."

놈팡이가 가까이 다가오다가 흠칫하고는 멀리 떨어져서 잽싸게 뛰어 달아나는 아가씨를 보고 히죽거렸다.

"마! 이제 막 자리를 잡는 판이다. 치근거리지 마라."

"헤헷, 그럼요. 그치만 이 동네 제법 물이 좋은 것 같아 은 근히 기대가 되는데요?"

"그래서 계속 이상하다는 생각이 든단 말이다."

"형님도 참. 여태껏 다 조사를 해 봤지만 올해 초에 양아 치 놈들이 한동안 껄떡거리다가 갑자기 사라졌다는 것 외에 는 딱히 임자가 없다는 게 확인됐잖습니까?"

"그래서 찜찜하다는 거다. 그놈들이 뭔 이유로 사라졌냔 말이다."

"그걸 아는 놈들이 없어요. 부림관광나이트나 지유카바레 에서 기도 보는 놈들도 영문을 모르겠다잖아요?"

"놈팡아, 넌 이 지역이 어떻다고 보냐?"

"나이트클럽도 있고 카바레도 있는 데다 재래시장과 호텔 까지 두 개나 되니, 그런대로 괜찮다고……. 아니, 솔직히 말

해 우리 같이 떨궈져 나온 조직한테는 과분한 자리라 할 수
있습니다."

"이 자식이! 아픈 데를 건드리다니, 죽고 잡냐?"

"앗! 죄, 죄송합니다, 형님."

"씨파, 네놈 말이 틀린 건 아니지만, 생각만 해도 꿀꿀해
지는 얘기는 하지 마라."

"예, 형님. 하지만 백대가리에게 복수는 해야 하지 않습니
까?"

"해야지. 어젠가는……."

기실 땅크파는 원래 중동신도시가 들어서기 전부터 뒷골
목을 장악해 왔던 토박이 깡패들이었다.

처음에야 동네 양아치들로 출발했지만, 주변에 점점 아파
트가 들어서면서 동네가 커지자, 나이 든 양아치들이 물러나
고 새롭게 젊은 피가 수혈되면서 조직이란 걸 갖추게 된 터
였다.

그러다가 중동신도시가 들어서기 시작하면서 먹을 것이
생길 것 같자, 타지에서 힘센 조폭들이 대거 이동해 왔다.

땅크파가 버텨 봤지만 애초에 머리에 든 게 없는 촌무지렁
이들이라 상대가 안 됐다.

결국 백대가리파에 밀린 땅크파가 외곽으로 쫓겨나고 만
셈이 됐다.

당연히 땅크파가 백대가리파에 복수의 칼날을 갈 수밖에.

"여기서 세력을 키워 나가면 충분히 가능합니다."

"어느 세월에? 부천이란 곳이 유동 인구가 흐르는 지역이라 돈이 안 모인다며?"

이 말은 생산 시설이 거의 없는 부천이다 보니 외지에 직장을 둔 이들의 소비가 주로 밖에서 이루어진다는 뜻이었다.

자연 돈이 모일 수가 없다는 것.

즉, 담배 한 갑을 구입하더라도 주거지에서 사는 일이 별로 없다는 뜻이다.

"하지만 곧 중동신도시가 활성화되면 부천도 그리 만만한 지역은 아닙니다."

놈팡이 말처럼 5대 신도시 중 중동신도시가 가장 뒤떨어지긴 했다.

아파트 가격이 가장 저렴한 데다 분양률까지 저조했고, 게다가 상업지역 역시 토지가 분양되지 않아 공터로 남아 있는 게 많았다.

한마디로 아직까지는 휑한 신도시라 조직폭력배들로서는 주워 먹을 게 많지 않았다.

그러다 보니 서로 피 터지는 싸움으로 좋은 자리를 차지하려고 혈안이 되어 있는 상황이었다.

"씨파, 경기가 나쁘다 보니 나이트클럽도 시들해서 당분간 돈 나오긴 글렀고…….."

"카바레가 원래 물이 좋긴 하지요. 근데 조사를 해 보니 아줌마들이 장 보러 왔다가 콩나물값 아낀 것 가지고 잠깐 들르는 곳이라 돈이 될 게 없겠더라고요."

"놈팡이 니가 제비로 나서면 돈이 좀 될 것 같은데…… 생각 있냐?"

"에헤이, 저는 그런 좀생이 짓 못 합니다. 그리고 죄다 몸빼 바지 입은 아줌마들이라 흥도 안 납니다. 심지어는 애기까지 업고 오더라고요."

"헐, 그 정도야?"

"뭐, 형님이 원하시면 제비 몇 마리를 족쳐는 보겠습니다만……."

"됐다. 그놈들 족쳐서 몇 푼 뜯어내겠다고 그 짓을 해?"

"헤헤헷. 형님, 너무 걱정 마십시오. 하늘이 무너져도 솟아날 구멍은 있다고, 답사를 하다가 월척을 하나 건졌다는 거 아닙니까?"

"시펄 넘아, 거긴 지금 가고 있잖아?"

"뭐, 그렇죠. 중요한 건 먹을 게 있다는 거 아닙니까?"

"본관은 상량식까지 끝났다면서 먹을 게 있긴 개뿔이……?"

"본관이야 그렇지만 규모가 워낙 커서요. 별관 중 하나와 기타 부속 건물은 이제 터파기를 하는 중이라 잘만 쑤석거리면 콩고물이 제법 떨어질 겁니다."

"거기 영감탱이가 방귀깨나 뀐다면서?"

"뭐, 그래 봐야 슬쩍 건드리기만 해도 쓰러질 늙은이일 뿐인데요 뭐."

"늙은이들은 원래 쓸데없이 고집부리는 경향이 있어서 오늘 만나도 일은 성사되기 어려울 거다."

"그래 봐야 지놈들만 손해죠. 여기 이 도로만 막아도 공사는 올스톱이 될 텐데요 뭐. 남부경찰서 앞으로 돌아가는 길이 있긴 하지만, 거긴 길이 좁거든요. 거길 이용하더라도 역시 막아 버리면 됩니다."

"크, 크큭, 하긴 그게 우리 방식이지. 근데 뭘 달라고 하지?"

"자재를 납품하게 해 달라는 게 제일 편합니다."

"인마, 그것에 대해 아는 게 없잖아?"

"그딴 거 알 필요 없습니다. 철근을 주문하면 철근 업자한테 가서 말하면 되고, 시멘트를 주문하면 시멘트 공장에 가면 간단한데요 뭐. 우린 그냥 거기에다 수수료만 따먹고 쏙 빠지면 됩니다. 자재가 좋든 나쁘든 우리가 알 바 아니고요."

"씨파, 좀 치사하긴 하지만 종잣돈이 없으니……."

사실 밑천을 죄다 놔두고 내쫓기다 보니 거처 하나 없이 여관을 전전하고 있는 중이었다.

그러다 보니 물불 가릴 여유가 없는 상태라 뭐든 해서 돈을 만들어야 하는 처지여서 나선 터였다.

"복지관을 터는 건 원래 양아치들이 하는 짓이긴 하지만, 우리가 지금 찬밥 더운밥 가리게 됐습니까?"

"끄응."

"그리고 복지관 일은 그 일만으로 끝나지 않는다는 게 중요합니다."

"응? 또 뭐가 있냐?"

"하하핫, 복지관이 완공된 뒤 식자재를 비롯한 기타 생필품들을 납품하면, 별로 신경 쓰지 않고도 꼬박꼬박 돈이 들어올 것 아닙니까? 노다집니다, 노다지."

"오호! 이 자식! 그런 대가리까지 돌아가다니!"

"헤헤헷."

땅크가 감탄했다는 듯 놈팡이 머리에 가볍게 헤드록을 걸고는 흔들었다.

"그래, 고거 괜찮다. 반드시 그 영감쟁이를 굴복시켜 보자고."

"아무렴요. 애들이 겁만 팍팍 줘도 그 영감탱이는 바로 꼬리를 내릴 겁니다. 영감 뼈다구가 세면 얼마나 세겠습니까?"

"하하핫. 까짓것 문제가 생기면 애들 몇 명 학교에 보내지 뭐."

"맞습니다. 학교를 한두 번 가 봅니까? 설사 간다고 해도 이런 일은 몇 개월 살지도 않고 나옵니다."

"흐흐흐흣, 맞다. 최악의 경우에는 차례대로 콩밥 좀 먹으면서 쉬다가 나오는 거지 뭐."

"바로 그거라고요, 크크큭."

"놈팡이 성님, 다 왔는디요?"

"어? 그러네. 형님, 여깁니다."

"호오! 김이 모락모락 나는 걸 보니 갑자기 배가 고파지네."

"죽이라도 몇 그릇 때리죠 뭐."

"그럴까?"

"성님, 고기 냄새도 나는 것 같은디요?"

"어? 개코, 정말이냐?"

"야, 제 코는 못 속인다고유. 그것도 보쌈 삶아 낸 냄샌디요?"

"하! 보쌈? 진짜로?"

"예, 틀림없습니다."

"형님, 개코가 맡았다면 확실할 겁니다."

"거 잘됐네. 역시 힘은 고기에서 나오지. 들어가자."

"아, 잠시만요. 제가 먼저 들어가서 정리를 한 다음에 들어오시죠. 대장이 함부로 움직이는 건 곤란하죠."

"크흠, 그럴까?"

"그럼요. 원래 주인공은 제일 늦게 등장하는 법입니다."

"알았다. 빨랑빨랑 움직여 봐라."

"왕코, 같이 들어가자."

"영팡입니다요, 놈팡이 성님."

큰 덩치에 얼굴에 코밖에 안 보이는 사내가 헤죽대며 놈팡이의 뒤를 졸졸 따라갔다.

"왕코, 들어가자마자 웃통부터 벗어라."

"키킥, 흉터하고 문신을 내보이란 말이죠?"

"그래, 알아서 기게 말이다."

"조금 춥긴 하지만 그 까짓것 잠시 쇼 한 번 하죠 뭐. 딸랑아, 잠바 좀 갖고 있어라."

"예."

왕코가 점퍼를 홀떡 벗더니 딸랑이에게 맡겼다.

"짜아식."

"히힛, 쇼는 단번에 해내야 효과가 짱이죠."

"들어가자."

"옙!"

두 사람이 건들거리며 걸어가는 뒷모습이 꼭 철부지 같아 보였다.

"형님, 불곰에게 보낸 날치 전홥니다."

"어, 그래."

죽 한 그릇을 게 눈 감추듯 비운 명국성이 물 한 모금으로 입을 헹구고는 휴대폰을 받아 들었다.

"어, 나다."

－형님, 날치입니다.

"그래, 알아봤냐?"

－예.

"불곰이 뭐래?"

－남창남이 여길 넘겨주고 감사실을 맡으라고 한답니다.

"뭐? 감사실이면 본부로 들어오라는 거야?"

－그렇죠. 하지만 그건 나와바리를 넘기라는 말과 마찬가지 아닙니까? 감사실은 허울이니 말입니다.

"그, 그렇지."

－안 넘기자니 보복이 두렵고, 넘기자니 떨거지가 될 것 같고 해서 고민 중이랍니다.

"불곰 혼자서 떼거리들을 당해 낼 수는 없겠지. 애들이 몇 명이지?"

－열일곱 명이랍니다.

"흠, 날치 네 생각은 어때?"

－아무래도 일단 후퇴해 놓고 좀 더 생각해 볼 일인 것 같습니다.

"내 생각도 그렇다. 그런데 갈 곳은 있대냐?"

－큰형님을 찾던데요?

"나라도 그러겠다. 언제 올 수 있다냐?"

－대충 정리해도 일주일쯤 걸릴 거랍니다.

　"지원은 필요 없고?"

　－정리할 시간이 열흘쯤 남았답니다. 그 전에 빠져나갈 생각이랍니다.

　"알았다. 너는 같이 있다가 영등포로 데리고 와."

　－예, 형님.

　명국성이 통화를 끝냈을 때, 출입문이 '벌컥' 하고 거세게 열렸다.

　"아줌마! 여기 죽 좀 주라!"

　놈팡이가 안으로 들어서자마자 소리쳤고, 왕코는 박자에 맞춰 웃옷을 벗어젖혔다.

　"으아! 킁킁킁. 놈팡이 형님, 냄새 죽입니다."

　"하핫, 침이 절로 넘어간…… 엥?"

　침을 꿀꺽 삼키며 반찬 코너와 식당을 구분해 놓은 칸막이를 지나쳐 안쪽으로 들어가던 놈팡이가 제자리에 우뚝 섰다.

　바로 코앞에 왕코보다 더 등짝이 넓적한 거한이 의자에 앉아 코를 처박고는 음식을 게걸스럽게 먹고 있는 것이 아닌가?

　'뭐, 뭐야? 이넘은?'

　본능인지 뭔가 머리를 강하게 때려 오는 탓에 불안을 느낀 놈팡이가 얼른 고개를 쳐들었다.

　찰나, 눈을 아프게 찔러 오는 수십 쌍의 눈초리들.

　거기에 단번에 압살시킬 것만 같은 무시무시한 기세까지

덮쳐 오자, 저도 모르게 주춤 물러서는 놈팡이였다.

"혀, 형님."

왕코도 두려움을 느꼈는지 놈팡이의 옷을 끌어당겼다.

"나, 나, 나가자."

들어올 때보다 더 빠른 속도로 와다닥 튀어 나가는 두 사람을 본 색색이가 숟가락을 탁 놓았다.

"이거 죽이 확 깨는데?"

"확 깨긴 뭐가 깨? 술도 아니구만……."

오함마가 대거리를 했다.

모두의 시선이 약속이나 한 듯 명국성에게로 향했다.

마치 저대로 그냥 놔둘 것이냐는 눈초리들로, 명령만 내리라는 기색이었다.

그때, 놈팡이가 들어서자마자 잽싸게 만박이 등에 숨었던 혜인이가 만박이의 옆구리를 쿡쿡 찔렀다.

"마, 만박 오빠, 방금 그 사람들 전번에도 왔었어."

"뭐? 정말이야?"

"네, 그때 죽이 맛없다고 괜히 식탁 두 개도 박살 냈어요."

"지, 진짜?"

"실수라고 했지만 고의로 부순 거예요. 내가 이 두 눈으로 똑똑히 봤거든요."

"그, 그리고 또?"

"죽값도 안 냈어요. 아, 술을 달라고 행패까지 부렸어요."

"이, 이 쳐 죽일 새끼들이! 다, 다친 데 없었고?"

"응, 다행히 언니가 신고를 해서 경찰이 왔었거든요."

"경찰은 뭐래?"

"사이렌 소리를 듣더니 슬그머니 나가더라고요."

"일단 골치 아파지는 건 피하고 본 거다. 그럴 기회는 얼마든지 있거든."

만박이 미간을 모으더니 명국성을 쳐다보았다.

"가만히 있을 겁니까?"

"어, 생각 좀 해 보고."

"이 마당에 무슨 생각을 한단 말입니까?"

"그게…… 이사장님부터 만나 봬어야 하나, 아니면 쟤들 손부터 봐야 하나 하고……."

"아씨, 큰형님이 정리하랬잖아요? 지금 그것보다 더 큰 일이 어디 있다고 우물쭈물해요?"

"뭐, 그거야 글치만……."

"형님, 딱 보니 저 자식들 같은데요?"

"그러게 찾고 말고 할 것도 없을 것 같네."

"하핫, 이런 우연이?"

"마! 우연이란 발생하는 순간 필연이 된다잖아? 그게 운명이고 저놈들 젖 됐다는 거지."

"우얼, 형님, 많이 유식허요."

"함마 짜쌰, 그동안 공부를 얼마나 많이 했는데 그래? 이 정도는 껌이지."

"와! 공부를 조금만 더하면 서울대핵교는 따 놓은 당상이 것소. 아니, 거 뭐시냐? 아! 미국 핫바뜨도 가시것소."

"마! 핫바뜨가 아니고 하버드다."

"거봐요. 엄청 유식해졌다니까요?"

"쩝, 내 수준은 중학교 졸업이 딱이여. 그 이상 공부했다 간 대갈빡 터져."

"그래도 한 번 더 책이 빵구 날 정도로 파고들다 보면 혹시 또 모르죠. 저도 책에 빵구가 날 정도로 봤는데, 형님과 뭐가 다른 건지 원…… "

"얌마! 넌 볼펜으로 진짜 책에 빵구를 냈잖아?"

"헤헤헷, 그래도 형님은 한번 도전해 봐도……."

"함마, 너 이 자식. 나 보내고 싶은 거지?"

"에헥! 무, 무슨 말씸을 그러코롬 섭하게……."

"아, 아. 시끄럽고. 삼신아."

"예, 형님."

"네가 나가서 저놈들만 왔는지 어쩐지 상황을 좀 살펴보고 오니라."

"예, 형님."

"필승아, 나랑 같이 가 보자."

강인한이 잽싸게 계단을 내려왔을 때, 멀대가 소리쳤다.

"인한아! 싸우지도 않을 건데 격 떨어지게 너까지 나설 게 뭐 있냐?"

"아, 놔둬."

"형님, 시골 떨거지들은 삼신이만으로 충분합니다."

"흠, 여길 인한이에게 맡길 참이라서 그래."

"예? 여, 여길 맡겨요?"

"그래."

"아니, 여기 뭐 주워 먹을 게 있다고요?"

"마! 부천을 접수하려면 교두보가 필요하잖아?"

"아무리 그래도……."

"부천도 신도시다. 지금이야 별 볼 일 없지만 그게 언제까지 가겠냐? 이곳도 곧 바글바글해질 게 분명해."

"아, 미리 선점해 놓자는 거군요."

"글고 인한이 녀석이 어느 대학교 가고 싶다고 했어?"

"어? 그러고 보니……."

"그래, 큰형님 곁에 있고 싶다고 기필코 인천대학교 가겠다잖아?"

"하! 그게…… 또 그렇게 되네요."

"이래저래 잘됐지 뭐."

"인한이 패가 좀 모자라는데, 지원 좀 해 줘야 하지 않겠습니까? 기껏해야 만박이까지 열 명인데…… 얼라? 짱돌하고 독빡인 지금 영암목장에 가 있으니, 겨우 여덟 명이네요. 너무 적어요."

"그 얘긴 불곰이 오면 하자고."

"아참, 불곰이 있었지."

"여기로 올지 안 올지는 의논해 봐야지."

"불곰은 올 겁니다."

"큰형님 땜에?"

"예, 큰형님 빠돌이거든요."

"우린 아니고?"

"하핫, 뭐…… 우리도 마찬가지긴 하죠."

"에혀, 저 잔챙이들이 무슨 짓을 할지 모르니, 애들 델꼬 슬쩍 나가 봐라."

"옙! 애들아, 잠시 나가서 소화 좀 시키고 오자."

"옛! 형님!"

그 말이 떨어지기를 기다렸다는 듯이 덩치들이 계단이 부서질 듯 소란을 떨며 내려오더니 우르르 밖으로 나갔다.

"만박 오빠, 우리도 가 봐요."

"뭐? 구경하려고?"

"히힛, 네."

"그냥 참아. 네가 봐서 도움이 될 게 하나도 없어."

"그래도 구경하고 싶어요. 그 깡패들 혼나는 게 보고 싶다구요."

혜인이 만박의 팔을 잡아끌었다.

"애! 넌 또 왜 나가려고?"

"언니, 이런 기막힌 구경을 어디서 보겠어? 지금 아니면 기회가 없잖아?"

"빨리 가요."

"이거 참."

'무슨 여자애가 간덩어리가 이리도 크다냐?'

"혜, 혜인아, 난 싸움 못해."

"아까 그 오빠들이 싸울 텐데 만박 오빠가 왜 싸워요?"

"그, 그게 말이다. 아냐, 가자고."

변명이 궁해진 만박이가 할 수 없이 앞장서 밖으로 나갔다.

"에헤헤헷."

혜인은 뭐가 그리 신났는지 만박의 뒤를 따라 나갔다.

"헐! 벌써 각을 세우고 있었네."

"오함마 성님, 벌써 한바탕했는디유? 쩌어기 함 봐유."

가장 먼저 밖으로 나온 오함마가 강인한과 웬 떡대가 대치하고 있는 모습을 보고 한마디 내뱉자, 짜루가 한쪽을 가리켰다.

"얼라?"

오함마가 쳐다보니 부푼 찐빵 같은 체구의 사내가 쓰려져 낑낑대고 있었다.

"저놈은 왜 쓰러져 있다냐?"

"왜겠시유? 깝죽대다가 한 방 얻어터진 거겠쥬."

"근디 오함마 성님, 저건…… 무슨 시츄이숀이래유?"

딱!

"아쿠!"

"마! 시츄이숀이 아니라 시츄에이숀이다, 짜샤."

"아! 그게 배웠는디 자꾸만 까먹어유. 그보다 짭새들은 와 몰려온 거여유?"

"누가 신고했구만."

"하! 언 넘의 자식인지 겁대가리를 상실했고만."

"인마, 이렇게 살벌하면 나라도 신고하겠다."

틱!

"함마야, 지금 이게 뭔 상황인겨?"

"아, 멀대 형님, 보다시피 짭새가 등장했슈."

"말똥가리 하나 문 경사냐?"

"아뇨, 경위요. 아마도 이 동네 파출소장인 것 같은디유?"

"그런데 왜 지켜보고만 있지?"

"무전기로 교신하고 있는 걸로 보아 필시 구원을 요청하는 걸 거유."

"하긴 꼴랑 두 명 가지고 뭘 할 수 있것냐?"

"그렇다면 해결 방법은 한 가지밖에 없쥬."

"뭔디?"

"잠시만유."

오함마가 빠른 걸음으로 덩치와 대치하고 있는 강인한에게 다가갔다.

"인한아!"

"어? 왜?"

"잠시 대기해라. 어이! 거기."

오함마가 이쪽을 노려보고 있는 땅크를 불렀다.

"뭐냐? 너는?"

"잠깐 기다려 달라고."

"씨불 넘들이 후딱 덤빌 거지. 웬 사설이 그리 많아?"

"기다리라면 기다려, 새끼야. 죽사발 핥아먹기 전에."

땅크에게 휘뜩거리는 눈빛을 쏘아 낸 오함마가 강인한을 어깨동무했다.

"저기 자빠져 있는 놈 니가 그랬냐?"

"뭐, 그렇지."

"짭새가 볼 땐 일단 폭행범인 거 알지?"

"상관없어."

"나도 그걸 걱정하는 건 아니다. 하나 묻자. 너 자신 있냐?"

"뭐? 자신 있냐고?"

"농이 아니다. 있어? 없어?"

"저런 물렁팥죽 같은 놈은 딱 세 주먹이면 충분해."

"그럼 후딱 끝내라. 뒷일은 내가 책임질 테니까."

"어떻게?"

"이건 학교를 좀 다니다 보면 저절로 아는 건데, 폭행은 처벌불원의 의사, 즉 합의를 하면 처벌받지 않는다고 되어 있어."

협박을 해서라도 고소를 못 하도록 하겠는 말로 들렸다.

"진짜?"

"하! 이런 맹탕을 봤나? 너…… 별이 하나도 없냐?"

"뭐, 사고를 쳐도 만박이 말만 잘 들으면 감방 갈 일은 없었으니까."

"징한 놈. 이 계통에서 훈장이 하나도 없다니, 말이 돼?"

"그깟 똥 훈장 달아서 뭐 하게? 피할 수 있으면 피하는 게 좋지."

"그래, 니 똥 굵다, 쯧. 그래도 어쩔 수 없이 벌금은 물어야겠네. 교통 방해에다 주민들을 불안에 떨게 했다는 이유로 말이여."

"감방만 안 들어가면 돼. 감방 가면 우리 엄니가 나 때려죽이려고 몽둥이 들고 거기까지 쫓아올 거거든."

"씨파, 우리 생각은 단 일도 안 하고 주둥이 터는 놈이라니. 암튼 뒷일은 이 엉아에게 맡기고 넌 무조건 빨리 끝내기나 혀. 알아들었제?"

"알았다니까."

세차게 고개를 끄덕인 강인한이 다시 땅크에게 다가갔다.

그즈음 도로는 검정고시파와 땅크파가 대치 국면에 들어가자, 교통 체증이 벌어짐은 물론 구경꾼들로 사방이 꽉 차 버렸다.

바야흐로 수컷들만이 지니고 있는 특유의 자존심에다 불 같은 성정을 지닌 깡패들의 집단 패싸움이 벌어지기 일보 직 전인 것이다.

현장에 경찰이 와 있었지만 달랑 두 명뿐이라 손을 쓰지 못하고 있는 형국이었다.

그런 가운데 강인한이 손을 까닥거리며 들어오라는 여유 를 보였다.

"시건방진 새끼가……."

과감하게 말을 내뱉지만 기실 땅크는 상대방 머릿수가 이 쪽보다 더 많은 것에 은근히 켕기고 있는 중이었다.

그러고는 경찰을 쳐다보며 속으로 인상을 그어 댔다.

'짭새 저 자식은 권총은 폼으로 차고 있나? 공포라도 한 발 쏘지 뭐 하고 있는 거야?'

그래야 이 싸움이 파토가 날 것 같아 은근히 그래 주길 바 랐다.

'씨파, 어째 쉽더라니…….'

진짜로 무주공산인 줄만 알았다.

그런 자리가 있을 리가 만무하다는 걸 진즉에 알고 있었지 만, 오늘 다시 한 번 그것이 진리임을 깨달았다.

'무주공산은 개뿔이…….'

그것도 승냥이가 아닌 범털이 자리를 떡 잡고 있을 줄 누가 알았겠나?

'씨파, 땀은 왜 이리 많이 나는 거야?'

긴장이 지나쳤는지 땅크는 벌써부터 손아귀에 땀이 흥건하게 배어 나온 상태였다.

바로 전에 일이 있었기에 더 그랬다.

땅크파에서 나름 힘 좀 쓴다는 부하가 나섰다가 발 차기 단 한 방에 나가떨어진 걸 똑똑히 봤으니 말이다.

어쨌든 분위기는 이제 물러서기도 싸우기도 어정쩡하게 되어 버렸다.

본시 이권이 걸린 지역이라면 눈을 까집고 달려들고 보는 게 생리인 조폭들이다.

그러나 그것도 상대가 될 만해야 어떻게 붙어 보든가 하지.

이건 딱 봐도 정장 차림을 한 것이, 제대로 된 서울내기들이 아닌가?

헐렁한 촌것들은 정장은커녕 와이셔츠 하나 없이 그냥 티셔츠에 얄궂은 점퍼 하나 걸치면 끝이다.

돈이 궁한 이유도 있었지만, 원래부터 그런 편한 차림새에 익숙해져 있는 것이다.

들어서 아는 것과 눈으로 직접 봄으로써 아는 것과는 천양지차다.

즉 의심과 사실의 차이만큼 큰 것이었고, 실제로 경험해 보니 주눅이 들어 투지마저 꺾였다.

그랬기에 떠오른 생각.

'무기를 꺼내?'

땅크가 자신하는 무기는 지니고 다니기에 편한 손망치였다.

하지만 생각일 뿐 실행은 어려웠다.

구경꾼도 구경꾼들이지만 경찰이 보고 있는 자리여서다.

여타 기물도 아닌 손망치 같은 흉기를 사용한다는 건 곧 살인할 의도가 있음을 뜻했기에 문제가 될 시 형량이 만만치 않았다.

즉, 사용하기엔 부담이 큰 것이다.

하지만 맨손 격투라면 다르다.

자세히는 모르지만 쌍방 폭행이라면 적어도 감방 갈 일은 없을 것이다.

그런데 맨손으로는 도저히 눈앞의 상대를 이길 자신이 없다.

놈은 비율도 좋지만 몸이 완전 차돌같이 단단해 보였다.

지금 쓰러져 있는 부하가 그런 차돌에게 더도 덜도 아닌 단 한 방에 뻗어 버렸다.

솔직히 자신은 그럴 만한 기량도 없었고 깜냥도 안 된다.

붙게 되면 망신살이 뻗는 건 당연한 이치.

하지만 복수해 줄 것을 바라는 부하들의 눈빛에 등을 떠밀리다 보니 나설 수밖에 없었다.

그런데 설사 어찌어찌 이긴다손 치더라도 뒤에 열을 지어 서 있는 우락부락한 놈들을 당할 재간이 없다.

'씨파, 죽기 아니면 살기겠지.'

땅크가 어디 한 군데 부러질 각오를 하며 필생필사의 마음을 다지며 한 발 더 나섰다.

그때였다.

에엥. 에에에엥!

'사, 살았다.'

긴장으로 잔뜩 굳었던 몸에서 힘이 순식간에 쭉 빠져나갔다.

뒷골목 건달이 된 이후로 사이렌 소리가 이렇게 반가웠던 건 맹세코 처음이었다.

땅크는 얼른 자세를 풀어 싸울 의사가 없음을 드러냈다.

경찰이 본격적으로 개입하려는 의도를 보였음에도 무시하고 계속 싸운다면, 공무집행방해죄와 공권력모욕죄가 추가될 것이 빤하니 이번 싸움은 이것으로 끝났다.

삐이이-!

경찰이 마이크를 들었는지 잡음이 들려왔다.

이어 경고 방송이 울려 퍼졌다.

"경찰이다! 모두 꼼짝 마라."

삐이이이-!

"반항하면 죄가 더 무거워진다. 경찰의 지시에 순순히 따라 주기 바란다."

"멀대 형님, 튈까요?"

"마! 우리가 뭘 잘못했는데?"

오함마의 말에 멀대가 아무것도 아니라는 듯 태연하게 대꾸하고는 부하들에게 일렀다.

"모두 반항하지 말고 경찰이 하라는 대로 해."

"혀, 형님, 그래도……."

"함마, 너 죄졌어?"

"미쳤어요? 난 죽 먹으러 왔다고요."

"거봐, 걱정할 게 없잖아?"

"아뇨, 전과가 있잖아요?"

"걱정 마라. 체포돼도 뒷일은 형님이 알아서 하실 테니까."

"아쒸……."

오함마는 이런 상황이 영 못마땅했던지 우거지상을 펴지 못했다.

"마! 우린 지난 1년 동안 검정고시 공부하느라 폭력의 '표' 자도 구경하지 못한 사람이다. 글고 지난 죄과를 가지고 걸고넘어질 수 없다는 걸 몰라?"

"아, 그거야 알지만 이건 뭐…… 한바탕 시원하게 몸 좀 푸나 했더니만…… 이게 뭡니까? 꼭 똥 누고 밑 안 닦은 것처럼 찝찝하잖아요?"

"됐으니까 그만 투덜거려라. 나라고 기분 좋은 건 아니니까."

"제길……."

심복 만들기

오늘 담용은 그동안 늘 염두에 두고 있었지만 미뤄 왔던 일을 해야 했다.

다름이 아니라 어제저녁 김덕기와 유상곤에게서 마침내 연락이 왔기 때문이었다.

바로 기억 저편에서 원수였던 양경재의 일로 인해서였다.

사실 중국에 가 있는 동안 부재중 전화가 몇 번 와 있긴 했지만, 보다 급한 일이 생겨 연락을 하지 못했었다.

그런데 때마침 잠깐의 여가가 생겼고, 마침맞게도 연락을 해 온 터라 만나기로 한 것이다.

어차피 이들을 만나는 이유는 양경재에 관한 일 때문이었다.

두 사람을 포섭할 당시 건네준 서류가 양경재에 대한 일체를 파악하라는 것이었으니 말이다.

더불어 성산건설 회장의 막내라는 박정호가 친구인 심종석에게 부탁한 사안도 있어 이래저래 양경재 건은 해결해야만 했다.

담용이 지금 와 있는 곳은 여의도의 한 전통찻집이었다.

'시간이 조금 이르군.'

교통체증을 감안해 조금 여유 있게 출발했는데, 오늘따라 차가 유난히 잘 빠졌던 결과였다.

현재 시각은 오후 2시 40분, 약속 시간이 오후 3시였으니 아직 여유가 있는 셈이었다.

'사람이 별로 없군.'

실내가 제법 넓은 찻집이었지만 손님은 담용을 포함해 달랑 세 테이블뿐이었다.

더구나 서로 멀찌감치 떨어져 있어서 더 한적하고 썰렁해 보이는 실내였다.

'기다리는 동안 일본어 공부나 하자.'

머지않아 일본을 방문할 작정인 담용이었다.

담용이 비록 일본어에 익숙하다지만 조금 더 다듬기 위해 시간이 날 때마다 짬짬이 공부하고 있던 참이었다.

담용은 늘 지니고 다니던 손바닥 크기의 일본어 미니 북을 꺼냈다.

그러나 채 한 글자도 보기 전에 귀에 거슬리는 말이 들려와 이맛살을 찌푸려야 했다.

"아, 씨발, 언제까지 쫓겨 다녀야 하냐?"

목소리가 큰 것은 아니었지만 청각이 예민한 담용에게는 천둥소리나 다름없었다.

'응? 쫓겨?'

담용의 시선이 서서히 목소리가 들려온 쪽으로 향했다.

속이 타는지 물을 벌컥벌컥 마시는 목소리의 주인공과 뒤통수만 보이는 사내 두 명이 있는 테이블이었다.

'얼라? 저놈⋯⋯.'

물을 단숨에 들이켜는 사내가 어째 눈에 많이 익다는 느낌이었다.

'어디서 봤더라?'

담용의 뇌가 빠르게 돌면서 기억을 추적했다.

이윽고 기억에 먼저 떠오른 건 김포공항이었다.

그다음은 파크인터코리아 대표이사인 유기형의 아내, 정세연이었다.

연이어 서류를 날치기 당한 정세연의 곤란한 처지를 구해주려다 부딪치게 된 날치기들의 면상이 주르륵 떠올랐다.

'맞다, 그때 그 소매치기!'

담용에게서 뒤통수만 보이는 사내의 입에서 상소리 대꾸가 들려왔다.

"네미랄, 좆도……. 날제비 똥꼬도 다됐구만."

"뭐래, 이 새끼가!"

"마! 우리가 짭새들에게 본거지를 털린 게 어디 한두 번이냐고? 죽상은 왜 하고 지랄이야?"

"씨파야, 누가 그까짓 걸 가지고 그런데?"

"글먼?"

"아지트를 꼰지른 놈을 아직도 찾지 못해 열불이 나서 그러는 거다. 씨발 넘, 알지도 못하문서 나대기는…….'

"짜샤! 아무도 안 그랬다잖아?"

"씨파, 그래서 더 환장하겠다니까. 대체 언 넘인지 통 알수가 없으니…… 환장하고 자빠져 불겠다."

"배신자는 없어. 이 계통의 룰을 안다면 그런 짓을 하기보다 차라리 콩밥이나 먹고 말지."

"꿍."

그걸 왜 모르겠나?

문제는 급히 튀느라 돈이 될 만한 것을 아무것도 가지고 나오지 못했다는 것.

'씨파, 짭새들이 지키고 있으니 다시 돌아가지도 못하겠고……. 아놔, 그게 무사해야 할 텐데…….'

사실 돈은 크게 문제가 되지 않는 것이 언제든지 조달할수 있기 때문이었다.

주특기를 살려 한탕만 뛰어도 며칠은 살 수 있으니 말이다.

정작 화급한 문제는 따로 있었다. 비밀리에 짱 박아 놓은 물건이 사라질까 봐 두려운 똥꼬였다.

그 물건들이 똥꼬의 전 재산임과 동시에 무기여서다.

그런 낌새를 알아채기라도 했는지 맞은편 사내가 쿡 찌르는 말을 해 댔다.

"인마! 내가 널 모를 줄 알아?"

"뭐, 뭘 알아?"

"씨발 넘아, 요 며칠 계속해서 안절부절못하고 있잖아?"

"새끼가? 쫓기는 신세니까 당연하지."

"흐흐흐홋, 귀신을 속여라, 짜샤. 너…… 거기 뭐 감춰 놓은 거지?"

"씨불 넘이 지랄 옆차기하고 있네."

"앞차기고 옆차기고 솔직히 불어 봐."

"씨벌 넘, 내가 감추긴 뭘 감췄다고…… 그런 거 없다."

"니 얼굴에 다 써 있는데 딱 잡아떼기는. 짜샤, 뭐야? 어디 숨겨 놨는지 말하면 내가 갖다줄 테니까 읊어 봐."

"아, 그런 거 없다니까."

"이 짜슥이…… 니놈하고 내가 한두 해 알았어? 무려 꼬추 친구야. 없긴 왜 없다고 지랄이냐고?"

"아놔, 이 새끼가…….."

"마! 내가 여의도 깍다귀다."

"풋! 신촌파 떨거지들한테 꼼짝도 못한다는 소릴 들은 지가 언젠데 아직도 그 타령이야?"

"아, 그놈들과 나는 노는 물이 다르지. 폭력과 갈취, 협박을 해 대는 신촌파와는 전혀 관계가 없단 말이야."

"그놈들이 손을 안 댔다고?"

"뭐, 찾아오긴 했지만…… 내가 누구냐? 깍다귀라고."

'쿡! 씨불 넘, 큰소리치는 건 여전하네.'

하기야 조폭들이 도둑놈을 어디에 갖다 쓸까?

아지트에 들러 스윽 한번 시위하는 것만으로 장악해 버리는 것이다.

"마! 적어도 아직까지는 친구를 등쳐 먹을 정도로 타락하지는 않았다고. 그러니 어서 말해 봐."

"얌마, 거긴 지금 짭새들이 진을 치고 있다고."

"짭새고 나발이고 내겐 안 통하니까 그런 걱정은 하덜 말어. 너, 내 실력 잘 알면서 그래?"

"알아. 하지만 거긴 지금 틀림없이 독종 주대식이 지키고 있을 거라고."

자칭 깍다귀란 사내의 계속되는 등쌀에 똥꼬의 모르쇠가 한풀 꺾였다.

"주대식? 뭐 하는 놈인데?"

"서초서의 강력계 짭새야."

"아무리 그래도 강남서의 무뎃뽀와 꼴통보다 더하지는 않겠지?"

"아뇨, 그 새끼들한테 빚을 받아 내야 하는데⋯⋯."

"뭐? 니가 짭새들한테 받아 낼 빚이 있다고?"

"응. 글고 그 자식들 잘렸어."

"엥? 잘리다니?"

"이젠 짭새가 아니라고."

"어? 왜?"

"씨벌 넘들이 구린 데가 좀 많았어야지. 잘렸다면 아마 그런 이유 때문일 거다."

"정말이라면 나도 이제 한숨 놔도 되겠다."

"강남으로 가서 영업해도 돼. 이제는 그 자식들도 없는데 네 실력에 뭐가 무섭겠냐?"

"하핫, 그렇지. 그나저나 거기 짱 박아 놓은 건 뭔데?"

"뭔지는 나도 잘 몰라. 어느 연놈한테서 훔친 건지도 모르겠고."

"뭐, 그럴 수 있지."

소매치기들이 원래 그렇다.

지갑이든 뭐든 훔쳤다 하면 알맹이만 쏙 빼고 나머지는 이리저리 흩어 증거가 될 만한 것들을 없애 버리니, 정작 쓸 만한 내용물이 나와 아차 싶어 필요로 하더라도 주인을 알 수 없는 것이다.

"크기는?"

"요만한 물건이더라고."

똥꼬가 엄지손가락을 펴 보였다.

"쳇! 금덩이라도 몇 푼 못 받겠네. 도저히 짐작도 안 가?"

"응, 어딘가 꽂는 장치가 있는 것 같긴 한데, 나로서는 전혀 모르겠더라고."

"씨파, 일단 갖고 와 보자. 똘마니들 중에 아는 애가 있을지 모르니까."

"진짜 가려고?"

"그럼 빈말인 줄 알았냐?"

"위험해, 인마!"

"됐고, 그거 어디서 얻었냐?"

"가만히 생각해 보니 김포공항인 것 같다. 그것도 코쟁이 외국 놈."

"뭐야? 그럼 그거 가져와 봐야 쓸모가 없는 거 아냐?"

"아쒸, 난 그딴 거 몰라."

"다른 건 없고?"

"보석이 좀 있긴 해."

"오올! 그거 괜찮다."

"너…… 확실하게 계산해."

"아, 그넘의 자슥. 내가 장물 처리하고 공평하게 안 나눈 적이 어딨다고 그런 소릴 하고 자빠졌냐?"

"걍 공평하게 하라고. 근데 이 자식은 왜 아직도 안 와?"

"마! 기다려 봐. 아직 시간 안 됐어."

"씨불 넘, 지 놈이 언제 시간을 지켰다고……."

"이제 2분 남았어. 글고 안 오면 사정이 어려운 것으로 알고 있으라고 했으니 그렇게 알아."

"왜? 신촌파한테 완전히 굴복한 거야?"

"엉길 깜냥이나 되겠냐? 진즉에 꿇었지. 알고 보니 그놈들 규모가 장난이 아니더라고."

"쪽수에서 밀린 거야?"

"하나 더 있어."

"그게 뭔데?"

"돈!"

"쳇! 그래 봐야 동심회와는 상대가 안 될걸?"

"길고 짧은 건 대봐야 아는 거지. 그나저나 광견 그 자식 어디 한자리라도 떼어 주면 고맙게 받아야 할 입장이라 지금은 친구 생각할 때가 아니긴 해."

"뭐, 그렇다면 이해해 줘야지. 나가자."

"왜? 좀 더 기다려 보지 않고?"

"아, 갑자기 촉이 좀 안 좋아져서 그래."

"어? 그래?"

"응. 너, 내 촉 믿지?"

"그럼 믿고말고. 네 녀석 촉 좋은 거 나만큼 믿는 사람도 드물지."

"그럼 빨랑 나가자."

"얌마! 말은 해 주고 가야지."

"나가서 말해 줄게."

"흐흐훗, 잘 생각했어."

'풋! 그놈 진짜 촉 좋네.'

담용은 두 녀석이 나가자마자 커피숍 문을 열고 들어서는 김덕기와 유상곤을 보고는 속으로 킥킥거렸다.

대충 들어 본 바로는 똥꼬와 깍다귀가 김덕기와 유상곤과 서로 무관하지 않은 모양이었다.

그래서 두 녀석에게 나디를 보내 살짝 묻혀 놨다.

필요할 때가 있을 것 같아 언제든 찾을 수 있게 한 것이다.

뭐, 아직은 그것이 언제까지 효력이 작용할지는 잘 모른다. 임상 실험을 한 적이 없기 때문이다.

다만 2차 각성을 한 후여서 오래 지속될 것이라는 막연한 기대감은 있었다.

"먼저 와 계셨군요."

"오랜만입니다."

PA 요원이 된 후여서인지 한결 부드러워진 어조로 반가움을 표하는 김덕기와 유상곤이었다.

행동 또한 조심스러워하는 태가 역력한 것을 보면, 담용을 대하는 게 어려운 것 같았다.

'풋! 무뎃뽀와 꼴통이라 불리던 사람들 같지가 않네.'

깍다귀란 녀석이 두 사람을 그렇게 부르던 것을 기억한 담용이 속으로 웃고는 자리를 권했다.

"오랜만입니다. 앉으시죠?"

"아, 차를 아직 안 마신 것 같으니 주문부터 하죠. 뭘 드시겠습니까?"

"하핫, 전 삼형제가 좋더군요."

"예? 삼형제요?"

아직은 커피, 설탕, 프림이 들어간 차를 삼형제라 부르는 시기가 아니었기에 김덕기가 무슨 말인지 몰라 의아해했다.

"아하하핫, 다방 커피 말입니다."

"아, 아."

"형님, 제가 주문하고 오겠소."

"그래, 나도 삼형제로 가져와라."

"알았수."

유상곤이 등을 돌리자, 김덕기가 물었다.

"전화를 몇 번 했었습니다만……."

"아, 해외 출장 중이었습니다."

"아, 아……."

"다음부터는 미리 말하고 떠나도록 하죠."

답답했을 것을 알기에 하는 말이었다.

"혹시 똥꼬란 자와 깍다귀란 자를 아십니까?"

"에? 담당관님이 그놈들을 어찌 알고……?"

"하하핫, 방금까지 여기 있다가 두 분이 들어서기 전에 나갔거든요. 전 서로 마주칠 줄 알았습니다."

"하! 깍다귀는 몰라도 똥꼬 녀석은 감방에 있을 줄 알았는데……."

"형님, 누, 누가 잡혔다고요?"

"어, 똥꼬."

"예? 똥꼬, 그 자식 얘기가 여기서 왜 나옵니까?"

"담당관님 말씀이 깍다귀와 같이 여기 있다가 나갔다는군."

"뭐요? 그거 참말이유?"

말은 김덕기에게 해 놓고 시선은 담용을 향하는 유상곤이다.

"두 분과 아슬아슬하게 지나쳤습니다."

"하! 그 새끼…… 형님, 대식이 글마가 놓친 것 같수."

"워낙 잽싼 놈이라 쉽지 않았을 거다."

"아고, 아까 버라. 내 눈에 띄었다면 바로 잡는 건데……."

"뭘 큰 죄라도 지었습니까?"

"아, 그게 말이우……."

"됐다. 그걸 자랑이라고……."

유상곤이 머릴 긁적이자, 김덕기가 입을 막아 버리고는 담용에게 말했다.

　"별일 아닙니다. 사실 먹고살 길이 막막해서 똥꼬에게 시킨 일이 있는데 그게 실패했거든요."

　'유기형의 아내 정세연의 일을 말하는 건가?'

　"제게 의뢰비를 달라고 조르다가 지금 쫓기고 있는 모양입니다."

　"그렇다면 잡아 처넣어야겠군요."

　"서초서의 주 형사 얘기로는 가중처벌 건이 있어서 족히 10년은 형량이 나올 거라고 했습니다."

　"어? 그 정도로 큰 죄를 지은 겁니까?"

　"자세히는 모릅니다만 그렇다더군요."

　"그럼 당장 잡으러 갈까요?"

　"허헛, 어디 있는 줄 알고요?"

　"제게 약간의 재주가 있습니다. 그래서 혹시 몰라 놈들에게 표식을 남겨 뒀거든요."

　"오! 그런 방법이 있습니까?"

　물으면서도 '설마' 하는 기색이 역력한 김덕기다.

　"하핫, 저만의 방식이지요."

　"형님, 담당관님이 그렇다면 그런 겁니다. 당장 가서 잡아채 버립시다."

　확실히 조금은 단순 무식한 유상곤이었다.

"그…… 특별한 방법에 시효가 있습니까?"

"하루 정도는요."

그 정도 시간이라면 나디의 효과가 지속될 것이라 담용은 확신했다.

"그렇다면 보고부터 받으시지요?"

"하핫, 그럴까요?"

"여기……."

김덕기가 얄팍한 서류 봉투를 내밀었다.

"양경재의 최근 동향을 전반적으로 기록해 두었습니다. 참고하십시오."

"고맙습니다. 급한 건 뭐죠?"

"아무래도 성산건설 건이 아닌가 싶습니다."

"아, 진행이 많이 됐습니까?"

"M&A 전문가가 붙었으니까요."

"정공법을 택한 겁니까?"

"겉으로 보기에는 그렇습니다만, 내부적으로는 제 버릇 남 못 주더군요."

제 버릇 남 못 준다는 말은 온갖 방법을 다 동원하고 있다는 얘기였다.

"하면…… 위임장 대결입니까?"

"맞습니다."

'역시…….'

바인더북

위임장 대결은 기업을 인수하는 가장 흔한 방식 중 하나다.

즉, 주주총회에서 의결권을 갖고 있는 위임장을 보다 많이 확보해 현 이사진이나 경영진을 갈아치우는 방법인 것이다.

다만 위임장을 확보하는 과정에서 양경재가 결코 순탄한 방식을 취하지 않았을 게 뻔했다.

"양경재의 진정한 목적은 뭐죠?"

"그게 이상합니다."

"예?"

"맥시멈환경이란 회사가 성산건설을 합병한다는 것은 뱀이 코끼리를 잡아먹는 격입니다."

"소화불량이란 얘기군요."

"예. 그래서 처음에는 기업 사냥꾼일 거란 점에 주목해 접근했습니다."

"정상적인 기업인이 아니니 당연합니다."

본시 기업 사냥꾼은 크게 세 부류로 나눌 수 있다.

첫째는 거대한 기업 조직을 운영하면서 기업의 가치를 극대화할 목적으로 M&A를 활용하는 경우다.

둘째는 M&A를 통해 기업 매매 차익을 노리는 경우다.

이는 적대적 M&A를 통해 저렴한 가격으로 기업을 인수한 다음 이보다 높은 가격으로 넘겨 차익을 남기는 방법이다.

셋째는 M&A 대상이 되는 기업에 전문적으로 투자하여 그린메일green mail이나 주식 매매 차익을 노리는 경우로, 주로 전문 투자 집단이 이에 해당한다.

"성산건설의 입장은 뭡니까?"

"아직 최종 입장이 정리되지 않았습니다만, 공개 매수를 심각하게 고려하고 있는 것으로 보입니다."

"공개 매수요?"

"예. 양경재 측의 주식 지분이 만만치 않자 타격을 주기 위해 내놓은 고육지책입니다."

"그거 원래 양경재 측에서 시도해야 하는 것 아닙니까?"

"역발상이긴 한데…… 성산건설에서 대량의 주식을 단기간에 의도한 가격으로 올리려 공시를 해서 불특정 다수인들로 하여금 매입하게 하려는 겁니다."

"그런다고 가격이 오르겠습니까?"

"그래서 햇님건설과 MOU를 체결했습니다."

"예? 햇님건설이라니요?"

햇님건설은 담용도 잘 알고 있는 신진 건설 회사로, 그 시작은 전라도였다.

IMF 이후, 아니 현 정부가 들어선 뒤부터 사세 확장이 마치 폭주 기관차처럼 거침없는 건설 회사였다.

'말을 갈아타서 득을 보자는 건가? 아니면 회생의 몸부림인가?'

그것도 현 정부를 등에 입었다는 소문이 무성한 햇님건설을 택했다면, 주가는 가파르게 상승할 것이 틀림없다.

'아님 백기사?'

증권시장과 주식에 대해 잘 모르긴 하지만 담용도 백기사 흑기사 정도는 알고 있었다.

즉 기업을 빼앗기는 상황이 되면 손해가 막심하게 발생하니 좋은 조건으로 인수할 수 있는 제3자를 물색하게 되는데 이를 백기사라 칭하는 것이다.

반대로 흑기사는 기업을 빼앗는 쪽으로 도움을 주는 제3자를 지칭한다.

"매수자가 많아지겠는데요?"

"제 생각에는 MOU를 체결한 건 페이크라고 봅니다."

역시 베테랑 수사관 출신답게 촉이 예리했다.

담용은 PA 요원으로 손색이 없음을 다시 한 번 느끼며 물었다.

"속이는 거라고요?"

"예. 맥시멈환경에 맞대응하기 위한 작전이지요."

"그거…… 범죄 아닙니까?"

"아, 그게 좀 애매합니다. 주식이 시장에 나오자마자 성산건설 측에서 재매입에 들어가니, 다른 사람이나 기관이 살 겨를이 없죠. 뭐, 타인에게 손해를 끼치지 않겠다는 의도지만, 그게 쓸모가 있는 작전인지는 잘 모르겠습니다."

"아, 아. 시간을 잠시 벌겠다는 의도일 겁니다."

성산건설이 그런 식으로 맞대응함으로써 그 과정에 주가가 올라 양경재가 지분을 더 이상 확보하지 못하도록 하겠다는 의도지만, 너무도 빤히 보이는 수작이었다.

증권 동향에 대해 잘 모르는 담용의 생각이 그럴진대 전문가들은 아마 코웃음을 치고도 남았다.

'그런데 이게 가능한 일이긴 한 건가?'

증권시장에 대해 아는 게 많지 않다 보니 확실한 건 없고 괜히 궁금증만 늘었다.

"그렇겠지요. 회사가 경영난에 시달린다는 건 누구나 다 아는 일이니까요."

원래 공개 매수란 회사 인수를 노리는 전략으로 인수자가 시세 차익을 노려 공개적으로 매수를 할 수 있도록 해 주식을 매집하는 방식이다.

그것이 여의치 않을 때는 대주주를 협박하여 이미 매입한 주식을 비싼 값에 되팔 수도 있다.

그게 그린메일이라는 것쯤은 알고 있는 담용이었다.

결국 성산건설 측에서 역으로 이용한 것일 테지만, 시간을 잠시 번 것일 뿐 그 이상도 그 이하도 아니었다.

어쨌든 그만큼 다급해졌다는 뜻.

"흠, 더 심각해질 수 있다는 얘긴데……."

"그렇습니다."

"다른 사항은요?"

"아, 양경재가 정치인들과 줄이 닿아 있더군요."

"예? 그게 누굽니까?"

이건 좀 의외다 싶은 정보였다.

"갈성규 의원 보좌관인 기원철과 조기우 의원의 보좌관인 전일순이었습니다."

"갈성규 의원이라면…… 백치가 됐다던 사람이잖습니까?"

담용은 자신이 저질러 놓은 일임에도 얼굴색 하나 변하지 않고 천연덕스럽게 물었다.

"맞습니다. 하지만 아직 의원직은 유지하고 있죠. 그 이유 역시 조금 애매합니다."

"이유가 뭐죠?"

"국회법 때문입니다. 몇 조 몇 항인지는 잊었지만 몇 가지 가 되더군요."

"어떤 경우죠?"

"국회의원의 퇴직 요건에 의하면 의원이 겸할 수 없는 직에 취임하거나 임기개시일 이후에 해직된 직의 권한을 행사했을 때와 공직선거법 규정에 의해 사직원을 제출하여 공직선거후보자로 등록된 때에 의원의 직에서 퇴직한 것으로 간주하더군요."

"그리고요?"

"또 '국회의원이 법률에 규정된 피선거권이 없게 된 때에는 퇴직된다.'라고 되어 있습니다."

"어? 그걸 적용하면 갈성규 의원이⋯⋯?"

"그건 해당되는지 따져 봐야 한다더군요. 이를테면 국회
가 국회의원의 자격을 심사하는데 어떤 명목으로든 제명하
는 경우라면 국회재적의원 3분의 2 이상의 찬성이 있어야 한
다고 되어 있습니다. 문제는."

"⋯⋯?"

"여태껏 몇십 년 전에 앞서 대통령을 지낸 김 대통령을 제
외하고는 단 한 사람도 제명된 적이 없다는 겁니다."

'쩝, 끼리끼리 보호해 주는 건가?'

이른바 동료 의식으로 같은 밥을 먹는 처지라 보호하려는
것이다.

"갈성규 의원의 경우는 좀 다르지 않나요?"

"상식적으로야 의원직을 수행하기 어렵기 때문에 제명이
나 면직이 돼야 마땅하지만, 그래도 요식행위라는 절차를 거
쳐야 한다는 겁니다. 그러려면 시간이 걸릴 수밖에 없지요.
면직의 경우는 본인이 의사를 표해야 하는데, 지금 그럴 사
정이 못 되니 어렵지요."

'쯧, 너무 과했나?'

사직을 하고 싶어도 사리 판단이 불가능하니 할 수가 없
다.

"하면 보좌관들이 모여 무슨 음모를 꾸민답니까?"

"둘 다 여당 중진 의원이다 보니 굵직한 직함을 가지고 있
는데, 공히 국회위원회 위원장이었습니다. 갈성규 의원은 재
정 분야이고 조기우 위원은 건설 분야를 맡고 있지요."

"둘 다 돈 되는 부서로군요."

"하핫, 요직인 셈이지요."

"흠, 어째 냄새가 좀 풍기는 것 같지 않나요?"

"그것도 많이 풍기지요. 보좌관들이 주로 오기수와 자주
접촉하는 걸 보면 음모가 있는 건 분명합니다."

"오기수? 누구죠?"

"아, 양경재의 처조카인데 전문 경영인 출신입니다."

"장상적인 인물이라는 얘기군요."

"예. 현재 맥시멈환경의 전무라는 직함을 가지고 있지요.
조금 더 파고들어 가 보니 오기수는 불법을 차단하자는 주의
인데 반해 양경재가 제 버릇을 못 고쳤는지 불도저식으로 밀
어붙이고 있는 형국입니다."

"아까 M&A 전문가 붙었다고 하지 않았던가요?"

"그랬죠. DS인베스트먼트라는 회산데, 대표가 김대식입
니다. 그동안 실적도 적지 않아서인지 이 계통에서는 괜찮은
회사라는 평갑니다."

"실적이 적지 않다면 능력이 대단하다고 볼 수 있겠네요."

"그렇죠. M&A의 역사가 일천한 나라이다 보니 그 계통에
선두 주자라고 봐야겠지요."

맞는 말이었다.

M&A 전문가와 애널리스트 그리고 경영컨설턴트 등의 전문직은 외환 위기가 돼서야 자주 듣게 된 직업 명칭이지 그전에는 소수 전문 계급에서나 나돌았던 명칭이었다.

심지어는 MOU(양해각서)라는 용어조차도 외환 위기를 맞아 외국 투자가들이 몰려와서야 비로소 유행된 용어에 불과했으니 그동안 무지한 면이 없지 않았다.

이게 다 군정 시절이 길었던 탓에 해외 물정에 밝지 못한 데다 또 전문가들 역시 정부가 뒷받침이 되어 주지 않으니 세계 조류에 맞춰 발 빠르게 움직이려고 해도 그럴 여건이 되지 않았던 까닭이었다.

이는 대한민국이 훨씬 더 발전할 수 있었음에도 제자리걸음만 했다는 뜻이다.

경제는 답보상태, 정치는 뒷걸음질.

경제 전문가들은 말한다.

잃어버린 10년만 없었더라면 일본과의 격차는 현저히 줄어들었을 것이라고.

'빌어먹을 정치군인 새끼들.'

군인들은 뭘 하든 군대식으로 밀어붙이면 깨끗하게 해결될 줄 아는 단순 무식한 자들이다.

처음에야 국민들을 위해 부패한 정치인들을 일벌백계로 처리하려고 일어섰다고 말한다.

그런데 동서고금을 통틀어 제자리로 돌려놓고도 쉬 물러난 군인들이 단 한 번도 없었듯, 대한민국은 아예 똬리를 틀고 눌러앉아 철권통치로 짓눌러 왔다.

그러다 보니…… 흐이구. 앓느니 죽지. 다 아는 얘기를 새삼 말하자니 입만 아프다.

고로 담용은 정치군인들을 뇌리에 떠올리는 것만으로도 부아가 치밀어 올랐다.

"요즘 오기수와 김대식이 거의 붙어 다니는 걸로 보아, 아마도 인수가 임박하지 않았나 싶습니다. 다만……."

"다만?"

"이건 제 생각인데 양경재 측에서 우호 지분을 더 얻기 위해서는 결정적인 이슈를 내놔야 할 필요가 있다는 겁니다."

"아!"

담용도 뭘 말하는지 감이 왔다.

"비전을 제시해야 한다는 거군요."

"그렇죠. 경영권을 장악했다고 해서 전부가 아니거든요."

"주가를 올릴 뭔가가 필요하겠지요."

"하하핫, 맞습니다."

"그렇다면 건설 회사이니 건설 수주가 되겠군요."

"맞아요. 대안은 건설 수주죠, 그것도 1군 건설 회사답게 대형 건수로 말입니다."

"만약 비전을 보여 주지 않으면 어찌 됩니까?"

"불안을 느낀 주주들이 임시 주주총회를 소집하게 됩니다. 그건 협박을 받았든, 원래 호의적이었던 주주들이든 가차 없지요. 당장 망하게 생겼는데 그냥 손 놓고 있을 주주들이 어디 있겠습니까?"

"그렇군요."

'확실히 유능해.'

수사관 출신이어서 그런가? 이렇게까지 예리한 추리를 할수 있다니.

담용은 김덕기의 능력에 은근히 탄복해 마지않았다.

"그럼 어떻게 손을 썼으면 좋겠습니까?"

"그 전에 한 가지 물어보겠습니다."

"말씀하시죠."

"양경재가 어떻게 되기를 바라십니까?"

'아⋯⋯.'

맞다. 당연히 물어볼 수 있는 질문이었다.

이 두 사람은 담용과 양경재 사이에 어떤 원한이 있는지 모르기에 그렇다.

'하긴⋯⋯ 지금도 원한은 없지.'

하지만 양경재가 향후 어떤 사람이 되는지를 알고 있기에 그냥 지나갈 수는 없는 노릇이었다.

담용이야 양경재의 술수에 걸려 목숨을 잃었다가 조물주의 배려(?)로 시간을 거슬러 왔지만, 미래의 그때 그 시점에 또 어떤 사람이 담용 대신 목숨을 잃을지 몰랐다.

그것을 막고 싶은 것이다.

더불어 양경재의 사업 확장이 결코 떳떳하지 못한 수법임을 알기에 애먼 희생자들이 생기는 것을 막을 필요도 있었다.

방법은 수도 없이 많다.

아예 세상에서 지워 버리든지 아니면 갈성규 의원처럼 백치로 만들든지, 그도 아니면 사업을 쫄딱 망하게 해 놓고 사지를 잘라 버리는 방법도 있다.

잔인하지만 양경재 한 사람을 제거함으로써 사회에 이득이 되는 부분이 많기에 담용은 주저 없이 실행할 작정이었다.

잠시 대답을 미룬 담용의 생각은 조금 더 이어졌다.

'이 사람들……'

김덕기와 유상곤.

경찰 출신으로 계급이 경위와 경사였다가 옷을 벗었다.

조재춘이 조사한 바로는 강력계 민완 형사였지만 크고 작은 부정이 많았다고 했다.

세세한 사항이야 모르지만, 세운 공功에 비해 더 큰 과過로 인한 면직이었다.

담용이 들은 바로는 징계면직懲戒免職이었다.

즉, 흔히 말하는 파면인 것이다.

면직이란 본인의 공무원 관계를 소멸시키는 행위를 말한다.

징계면직은 공무원의 비행이 있을 때에 징계위원회의 의결을 거쳐 임용권자가 파면하는 경우를 말했다.

나아가 파면당한 자는 5년간 공무원이 될 자격을 상실한다.

고로 앞의 두 사람은 향후 5년간은 공무원 시험이나 그에 준하는 시험을 볼 자격이 없는 것이다.

담용이 이곳으로 오면서 조재춘에게 자세한 사항을 물어본 것은 두 사람을 능력을 시험해 본 후, 자신과 보다 더 가까운 관계로 발전시키려는 목적이 있었기 때문이었다.

이를테면 보다 내밀한 비밀을 공유하는 관계로의 진전이다.

담용이 말없이 곰곰이 생각에 잠긴 모습을 지켜보는 김덕기의 표정은 더없이 진지했다.

마음을 굳힌 담용이 입을 열었다.

"솔직하게 말해도 되겠습니까?"

"예, 솔직한 답변을 원합니다."

담용의 시선이 옆에서 멀뚱히 앉아 다 마신 빈 커피 잔만 만지작거리고 있는 유상곤에게로 향했다.

"그쪽……도요?"

"어? 저, 저 말입니까?"

'쩝.'

엉뚱한 생각이라도 하고 있었던지 유상곤이 당황하며 엄지손가락으로 자신을 가리켰다.

"그래요."

"무, 무슨 말씀을 하셨는지……."

'참내.'

저런 사람이 어찌 현직에 있을 때, 민완 형사란 꼬리표를 달았는지 의심스러웠다.

지금의 모습만 보면 김덕기의 덕을 많이 본 것 같지만 조재춘의 말은 달랐다.

-유상곤이란 자는 얼핏 보기에 단순 무식해 보이지만 여우라는 별명을 하나 더 달고 있을 정도로 영악한 자입니다. 범죄자를 잡는 수법이 꽤나 교묘한데요. 상대를 어떡하든 엮어서 경범죄로 잡아들인 다음 여죄를 추궁해 가중처벌을 받게 하거나 동조자들을 불게 만든다는 거지요. 그리고 격투기 실력이 여간내기가 아닙니다. 유도가 특기인 잡니다.

담용이 조재춘의 말을 상기하고 있을 때, 김덕기가 말했다.

"저…… 유상곤이는 믿을 만한 동료입니다. 저를 믿으신다면 같이 생각해 주시기 바랍니다."

"당연히 그렇게 생각합니다. 눈에 보이는 게 다가 아닌 사람인 것도 잘 알고요."

그럴 것이다.

명색이 국정원 담당관인 사람이다.

그것도 국가공무원 공식 3급이면 고위 공직자다.

김덕기 자신이나 유상곤에 대해 알자고 들면 엉덩이에 점이 있다는 것까지 알 수 있었다.

담용은 김덕기의 생각을 읽기나 한 것처럼 이쯤에서 자신의 능력 하나쯤은 공개해도 괜찮겠다는 생각을 했다.

사람들은 왕왕 미증유의 능력 앞에 경외감을 드러내기 마련이라 그런 점을 이용할 생각인 것이다.

그러려면 만만한 걸 보여 주기보다 이들이 생애 단 한 번도 본 적도, 상상해 본 적도 없는 묘기를 보여 주는 것이 낫다고 여겼다.

믿는 마음을 공고히 하기 위한 일환으로 간단한 쇼만큼 확실한 것은 없을 것이다.

아마 짐작이긴 해도 신봉자까지는 못 되더라도 그에 버금가는 믿음이 생기리라는 것은 확신했다.

이렇게 결심하게 된 동기는 앞의 두 사람이라면 향후의 일에 큰 도움이 되리라 여겼기 때문이었다.

일종의 심복 만들기랄까.

"흠, 양경재를 어떻게 처리하겠다는 말을 하기 전에 저라는 사람이 어떤 사람인지를 단적으로 드러내는 간단한 그 무엇을 두 분에게 보여 주고 싶은데…… 괜찮겠습니까?"

"예?"

일시 뭔 말인지 이해가 안 된다는 표정을 자아내는 김덕기다.

유상곤이야 두말할 필요도 없이 여전히 멀뚱한 기색이었다.

"하핫, 궁금하신 것 같은데 직접 보게 되면 이해가 빠를 겁니다. 단……."

"……?"

"아, 경찰이셨으니 두 분 다 비취인가자지요?"

"그, 그렇습니다."

비밀 취급 인가자냐고 당연한 말을 물은 것 같지만 확실한 확인이 필요해서다.

"그러시다니 국가의 특급 비밀에 대해서도 잘 알고 있을 겁니다. 그렇지요?"

"그, 그야 물론입니다만…… 거기까지는 비취인가가 나지 않았습니다."

"압니다. 제 말은 지금부터 보고 들은 얘기는 가족에게도 절대 함구하라는 의미입니다. 그럴 수 있겠지요?"

'대체 뭘 보여 주려고?'

"자, 그럼……."

말을 끝낸 담용이 그 즉시 시선을 창문 밖으로 돌렸다.

오후 3시가 넘은 11월의 2차선 도로는 지천에 낙엽이 바람의 방향에 따라 이리저리 굴러다니고 있었다.

게다가 바람은 세차기까지 했다.

거기에 맞춰 체감온도까지 많이 낮아진 상태라 거리는 한산하기 짝이 없었다.

2차선 도로를 달리는 차량들이 간혹 보이긴 했지만 드문드문했다.

'행인이 없다니 마침 잘됐군.'

게다가 업무용 빌딩만 다닥다닥 붙은 황량한 여의도의 전형적인 골목 도로라 점심시간이 한참이나 지난 지금은 추위까지 더해져 인적이 뚝 끊겨 있었다.

'어라? 눈이 오네.'

때마침 담용의 예리한 시선에 허공으로부터 눈이 내리는 것이 일목요연하게 들어왔다.

'흠, 눈을 이용하는 것도 괜찮겠군.'

담용의 입가에 보일 듯 말 듯 한 미소가 맺혔다가 사라졌다.

행여나 노출될까 싶어 서두를 필요가 있었다.

초능력을 드러내리라고 마음을 먹었을 때, 이미 대화 도중임에도 밖의 정경을 주르륵 훑었던 담용이라 거침없이 입을 열었다.

"저기 도로 맞은편에 노란색 제설함이 보이지요?"

"아 예."

얼떨결에 대답을 했지만 의아하긴 마찬가지.

"무게가 대충 몇 킬로그램이나 나가겠습니까?"

"글쎄요. 지금은 눈이 올 때를 대비해 모래를 꽉 채워 놨을 테니…… 대략 3백 킬로그램은 되지 않을까요?"

사실 재 본 적이 없을 테니 대충 감으로 때려잡아서 말하는 김덕기다.

"3백 킬로그램이면 사람이 번쩍 들어 올릴 수는 없겠지요?"

"허헛, 역도 선수라도 번쩍 들어 올리기에는 힘든 무게지요."

"그럼 한번 보시지요."

담용은 주변을 슬쩍 훑어보고는 곧바로 차크라를 운용해 사이코키니시스를 발현시켜 제설함으로 염력을 전이시켰다.

힘을 가하지 않고 생각과 마음으로만 사물을 움직이고 통제하는 초능력이 바로 사이코키니시스다.

불쑥!

이 표현이 딱 들어맞을 정도로 노란 제설함이 저절로 허공에 붕 떴다.

이즈음 창밖은 금세 함박눈이 내리는 정경으로 바뀌어 있었기에 담용은 제설함을 들어 올림과 동시에 눈앞에 보이는

2차선 도로의 일정 공간에다 사이킥 배리어(염동 장막)를 쳤다.

즉, 사이킥 배리어를 친 공간에는 눈이 쌓이지 않게 한 것이다.

"……!"

이 듣도 보도 못한 광경을 본 두 사람의 표정은 일시에 뜨헉함을 넘어서 버렸다.

게다가 제설함이 언제 이동했는지 다음 가로수 아래로 옮겨져 있지 않은가?

"저, 저, 저……."

말을 못 하고 버벅대는 김덕기에게 담용이 차분한 어조로 말했다.

"도로를 보십시오. 무슨 변화가 있는지……."

"……?"

"혀, 형님, 여, 여긴 누, 눈이 쌓이지 않고 있습니다!"

"혁!"

다음 권으로 이어집니다

바인더북

200평 초대형 24시 만화방

수면실 (침대식) — 사우나석

다인석 — 샤워실

세탁기 — 신간100%

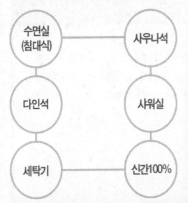

📖 수원 인계동점

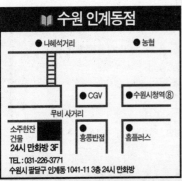

● 나혜석거리　　● 농협

● CGV　　● 수원시청역 ⑧

무비 사거리

소주한잔
건물
24시 만화방 3F

● 홍콩반점　　● 홈플러스

TEL : 031-226-3771
수원시 팔달구 인계동 1041-11 3층 24시 만화방

📖 의정부점

의정부역 ④
⑤　　　흥선지하도

◀서울방향

진성약국　　던킨도넛츠

24시 만화방
3F

TEL : 031-856-3971
경기도 의정부시 의정부동 197-13 3층

📖 주안점

주안
남부역

◀제물포　　민병철
어학원　　간석동▶

25시 만화방 6F

TEL : 032-426-2871
인천광역시 주안남부역 지하상가 4번 출구 GS25시 건물 6층

📖 안양점

● 안양역　　육교

◀관악역　　　명학역▶

● 농협

24시 만화방
2F
안양일번가

TEL : 031-466-3771
경기도 안양시 안양동 674-163 죠이당구장건물 2층

꿈의 도약, 로크에서 하십시오
(주)로크미디어에서 신인 작가를 모십니다

즐거운 세상, 로크미디어는 꿈을 사랑하고 도전을 두려워하지 않는 작가 분들의 참신한 작품을 기다리고 있습니다. 21세기 장르 문학계를 이끌어 갈 차세대 선두 주자 (주)로크미디어에서 여러분의 나래를 활짝 펴 보시길 바랍니다.

모집 분야 판타지와 무협을 포함한 장르 문학
모집 대상 아마추어 작가, 인터넷 작가
모집 기한 수시 모집

작품 접수 시 유의 사항

1. 파일명은 작가명_작품명.hwp형식을 갖춰 주십시오.
1. 파일에 들어갈 내용은 다음과 같습니다.
   - 성명(필명인 경우 실명을 밝혀 주세요), 연락처, 이메일 주소.
   - 제목, 기획 의도.
   - A4용지 1장 분량의 등장인물 소개.
   - A4용지 2장 분량의 전체 줄거리.
   - 본문.
1. 작품이 인터넷에 연재되고 있다면, 게시판명과 사이트의 구체적이고 정확한 주소를 기재해 주십시오.

선택된 작품은 정식 계약 후 출판물로 간행되어 전국 서점에 유통됩니다.
작가 분은 (주)로크미디어의 전폭적인 지원하에 전속 작가로 활동하시게 됩니다.
※ 자세한 내용은 로크미디어 홈페이지(rokmedia.com)를 참조하세요.

(140 – 133)서울시 마포구 성암로 330 DMC첨단산업센터 3층 314호
(주)로크미디어 편집부 신간 기획 담당자 앞
전화 : 02 – 3273 – 5135
www.rokmedia.com   이메일 : rokmedia@empas.com